巣立ちゆく、

坂田陽子
Yoko Sakata

文芸社

プロローグ　招待状

二〇〇七年、秋。

辺り一面がメープル色に染まる季節。木々は、最後のおしゃれを楽しむかのように、赤、黄、茶と色を変え、ファッショナブルである。これからは、一メートルもあろうか、積雪の純白のマントを着なければならないことを、木々は知っている。雪国の冬は長い。もうそこまで近づいている。

凜子《りんこ》に、一枚の招待状が届いた。

〈晩秋の候、落ち葉が散り始め、秋の深まりを感じる今日この頃、先生方におかれましては、ますますご健勝のこととお慶び申し上げます。さて、私たちは、このたび、二度目の成人式を迎えることとなりました。新年早々、ご多用とは存じますが、私どもと懐かしいひとときを過ごしていただきたく……〉

凜子は、この春、教師の道にピリオドを打った。一生懸命に、ただひたすら歩んだ道だった。いばらの道だったかもしれない。うまく立ち回ることも、周りにへつらうこともできない、「まず子どもありき」の原点に立つ凜子の生き方は、どちらかと言うと、要領の悪い生き方だったかもしれない。

しかし、悔いはない。これでよかったと、心から思う。生きてきた時間に、やましさはないから。だから今、青空に両手を広げ、胸を張って生きることができる。幸せを、体いっぱいに感じることができる。最高の気分である。しみじみと思う。

〝そうか、彼らは今年、もう四十歳になるのか。

中学校を卒業して二十五年、もう立派な大人になっているだろう〟

ぼんやりと葉書を眺めた。生徒一人一人の顔が浮かんでくる。

〝元気でやんちゃな生徒が多かった……それなのに、騒々しい休み時間にも、いつも六法全書を読んでいた男子生徒。彼は夢をかなえ、立派な警察官になったという。よくがんばったなあ。プロ野球選手になりたいと野球に燃えていた男子生徒。高校では甲子園に行けなかったが、プロになるため、テスト生として合格。見事に入団したという。夢はいろいろ。だから輝いている。女子生徒も元気だった。芸能界に入りたいと、有名な堀北学園に入学した生徒がいた。芸能界デビューは果たせただろうか。授業が終わるたびに「鏡よ鏡。世界で一番……」と、髪の毛を濡らし、リーゼントスタイルに仕上げている男子生徒も多かった……〟

いろいろな生徒がいた。そして、いろいろなことがあった。その生徒たちと過ごした一年間は、教員生活の中でも、忘れることはないだろう。

特に、彼のことは——。

ふと外を見ると、秋風が木の葉を揺らしている。今日は妙に肌寒い。凜子は薄手のカーディガンを羽織り、返信用の葉書に名前を書いた。そして、「出席」に思いきり大マルをつけた。

静かに時間が流れている。凜子は、暮れゆく晩秋の景色を眺めながら、三十八年間の教員生活にタイムスリップしていた。あの頃の自分に辿り着いていた。懐かしさが走馬灯のようによみがえり、心を揺らす。

今はもうすべてが過去なのに——。

一

一九六九年、春。

凛子は、大学の教育学部を卒業し、山間部の小学校に勤務した。

子どもたちは、まだ夜が明けないうちに、薄暗い山道を裸足で駆け巡り、クワガタ探しに奔走。

「先生、これ。俺が捕まえたんだ」

差し出す手は泥だらけ。

「うわぁ、すごい。俺も捕まえたい」

子どもたちにとって、自然はわが家同然。だから野外学習が大好き。その時間の先生は、むしろ、子どもたちである。草花の名前もいっぱい知っている。

「これは、タンポポ、レンゲソウ。シロツメクサで首飾りも作れるよ……」

「エノコログサ、これは猫のしっぽにもなるんだ。ほうら、くすぐったいだろう」

「アメリカセンダングサは、服にくっついて勲章になるんだ」

春、夏、秋、冬と、季節は子どもたちに、最高の遊び場所を用意してくれる。思いきり自然と戯れたあと、凛子はいつも〝言葉のスケッチ〟をする。子どもたちの心のつぶやきが言葉になる。それを連ねると詩になる。彼らはすばらしい詩人である。

凛子は小学校教師として生きることに夢と誇りをもっていた。子どもたちには、山《やま》間《あい》育ちというだけで引け目を感じず、堂々と生きてほしいと願っていた。特に、彼らの文章表現力の素直さ、優しさに目をつけ、書くことを大切に、きめ細かく指導した。

そして、教師になって十年。凛子は最高学年の六年を担任したのを機会に、彼らのすばらしさを伝えたいと、教育論文に応募した。

結果は、まさかの最優秀賞。だが、この〝まさか〟が凛子の運命を動かした。

次年度の教職員の異動内示が行われる三月末、凛子の勤める小学校の校長に、市教育委員会から電話がかかった。

「来年度は中学校に勤務してほしい。今の中学校の現状を打破するには、一石を投じなければならない。小・中学校の交流人事もその一つと考えている。教育論文の受賞を自信にして、ぜひ、がんばってほしい」

すぐに、校内電話がかかり、凜子は、校長室に呼び出された。

「それは考えたこともありません。私は小学校に勤務したくて教師になったのです。断っていただけませんか」

校長はただ笑っている。

「辞令は紙一枚のことかもしれないが、それは受けなければならない。たとえ、断ったとしても、そのままにしかならない。結局は行くしかないんだよ」

職員室に戻った凜子を、何があった、と言わんばかりに、待ち受けている先生たち。

突然の中学校への異動辞令に驚嘆の声。そして、同情と慰めの言葉も。

「一年間だけだと思って我慢するしかない」

「すぐに異動希望を書いて戻ってきなさい」

「中学校には、乱暴な生徒がたくさんいて、暴れ回っていると聞く。女性のあなたが、はたして一日として務まるかどうか」

一週間後、まさかのことに面食らう余裕もなく、凜子は市内でも有数のマンモス校、緑丘中学校に着任した。

「生きて帰ってこいよ」

の教職員の言葉に見送られて――。


「夏川《なつかわ》凜子」

凜とした人間に育ってほしいと父が名づけた。お陰で、真っ直ぐすぎるほど真っ直ぐな人間として育った……。年齢は三十四歳。現在は、中学校国語科の教師。部活動は野球部の顧問。中学校に異動してはや二年の月日が流れようとしていた。

中学校は、やはり想像以上だった。夢と希望あふれる中学校へと、六年生を巣立たせた凛子だったが、こんなにもと思うほど、現実は違っていた。喫煙、授業妨害、不純異性交遊など、山積する問題の収拾に明け暮れる日々。対応策を考える会議も頻繁に開かれた。中学校に赴任したばかりの凛子は、せめて、生徒が一人も教室から出ていかない魅力的な授業を目指そうと思った。そして、生徒一人一人との人間関係づくりを……。

今では、毎年の小学校への異動希望もままならず、女性であることさえも忘れたかのように、緑丘中学校での学校生活に夢中である。部活動指導にも熱が入る。

「先生、百本ノックお願いします」

「よーし！」

身構える生徒。右、左とグラウンドにボールが弾む。正面のストレートノック、バウンドノック、フライと、縦横無尽に動き、へとへとになるくらいのノックが好きである。

「ありがとうございました」

砂埃と汗の混じったくしゃくしゃの顔で、帽子を取り、挨拶をする。この時のこぼれる笑顔が好きである。

「そんなにグラウンドに出ていると、肌が曲がってしまうぞ」

と、職員室で隣席の男性教員に冷やかされてもグラウンドへ。初めての試合に緊張する生徒には、「キンチョウは蚊取り線香だけ」と冗談を言い、負けた試合には、何もかも忘れて、一緒に泣く。土曜、日曜もなく、一に練習、二に練習、三に練習。

「家にも子どもがいること、忘れないでね」

と、たまに母が言う。そんなこと忘れるはずがない。かけがえのない二人の子ども。何ものにも代え難い宝である。


春一番が吹き、春の訪れを予告する三月。教師をしてより、凜子は、どうも三月は好きではない。

三月は、生徒たちとの別れの月。卒業式や修了式のあとの、空っぽになった教室ほどさみしいものはない。

「みんな、どこへ行ってしまったんだ」

と思わず叫びたくなる。

それに比べて四月はよい。わくわくするほど好きである。出会いの月。

生徒の笑顔が教室いっぱいにあふれている。

そして、さ・く・ら……。

満開に咲き乱れる花の美しさに、新しい予感と躍動感、何かが起こりそうな期待感が入り交じる。

二

冬来たりなば　春遠からじ

春の桜は、冬の間じっと雪に囲まれ生きてきた雪国の人間にとって、まさに待ちこがれた恋人の到来である。薄く、淡いピンク色の花びら一枚一枚が愛おしく、思わずそっと手の平にのせ、頬ずりする。あのごつごつとした樹皮、そして、しっかりと大地に根を張った桜の木全体が愛おしい。葉を一枚もつけずに立っている大樹。こげ茶、いやむしろ真っ黒とも言える樹皮を触ると、たくましさのエネルギーが体全体を潤す。

今年も、校庭の桜が満開に咲き匂う季節が到来した。まさに春爛漫。

凛子は、緑丘中学校で三度目の春を迎えた。


四月。新しい年度が始まった。

学校にとっては、一年のスタートダッシュ。学校全体が動き始める日だ。

「よろしくお願いします」

職員室では、教職員たちが笑顔で、互いに挨拶をする。新しく着任した教職員を含めて、これからの一年間の仲間である。はつらつとした声に、さあ、今年もと、弾む心が浮き立つ。

緑丘中学校には、今年度より新たな校長が着任した。県教育委員会より赴任した梅田真人である。

一年間のスタートは、まず職員会から。校長の梅田が重々しく学校運営方針を述べる。学校のトップとして、一番光り輝く時である。

「……ということで、よろしくお願いします」

エネルギーがみなぎっている。一人一人の心のタンクも満タンになった。次々と新しい提案がなされ、組織もがっちりと固まった。第一回職員会は、終了した。

全体が終わると、次は部分である。少し休憩をしたあと、一学年、二学年、三学年の組織を作るための学年会が行われる。

「みなさん、そろそろ始めましょうか」

「一年は図書室、二年は会議室、三年は和室を使ってください」

教務主任のてきぱきとした声が響く。

凛子は、今年度は三年生の担任。職員会で校長より委嘱された。少しの緊張感と不安感をもちながら、和室に向かう。

緑丘中学校は荒れていた。いや、日本中の学校が「校内暴力」の嵐の中にあった。鉄パイプを振り回す、窓ガラスを割る、そして喫煙、授業妨害と。

千人以上の生徒をかかえたマンモス中学校、この緑丘中学校の荒れ方は、市内でもそれは筆頭にあった。

特に彼は破格で、県下でも名だたる暴れん坊だった。

彼の名は――田所《たどころ》瞬《しゅん》。

*

田所瞬は、小さな町工場で働く父親と、パート勤めをする母親との間に生まれた。二男一女の三人兄弟の末っ子。瞬は遊ぶことが大好き。特に、体を動かすことが得意な腕白坊主だった。運動神経が抜群なことから、地域の少年サッカーチームでは、早くからレギュラーの座を射止めた。家ではちょっとした時間も、空き地でパスやヘディングの練習。試合では、砂埃を立て、ピッチを駆け回る。ゴール目指して何度もシュートにトライ。顔も体もしょっぱい汗と埃まみれになる。ゴールを決めた時の弾ける笑顔は最高だった。瞬は、今を生きていた。

しかし、瞬が小学校の高学年になった頃、その生活にかげりが出始めた。父親の働く町工場は、経営不振から傾き始め、倒産した。同時に職を失った。なんとかしなくてはと、父親は必死に職を探した。母親も働いた。だが、貧しさは急激に加速していった。しだいに、父親は遊びほうけるようになり、ギャンブルにもうつつをぬかし始めた。家のわずかな金を持ち出す父、それを止めようとする母、家の中での喧嘩は絶えなかった。

「母ちゃんを泣かすな」

そのたびに瞬は父親を諌《いさ》めた。しかし、歯止めのきかなくなった父は、もう、元の父にはあらず。毎日、毎日、地獄のような日が続いた。

ほどなくして瞬の両親は離婚した。母親は、生計を立てるため、少しでも勤務時間の長い缶詰工場に、仕事を変えた。その時、瞬は、大好きなサッカーをやめた。

四つ年上の兄は、大学まで進学したいと考えていた。だが、貧しさのために、高校進学さえできなくなった。そして、そのいらだちを、喫煙、深夜徘徊と、暴走する道にぶつけた。兄は、寂しかった。どうしようもないほど悲しかった。しかしそんな彼に、誰も向き合おうとはしない。学校の中にも、寄り添う者は誰もいなかった。学級担任の教員ですら、厄介払いをするかのように、早く警察の世話になることを望んだ。学校からいなくなることを。

瞬の兄は、それを感じ取ったかのように、ますます荒れた。手のつけようがなかった。運も悪い。通っていた緑丘中学校の当時の校長は、大澤国雄。泣く子も黙るワンマン校長である。組織は、トップダウン方式。つまり、トップである校長の大澤が「カラスの頭は白い」と間違ったことを言ったとしても、教員は、首を縦に振る。横に振れば、自分の将来が地獄になることを誰もが承知していた。それは、たとえ生徒であろうと、大澤に楯突く者、意に沿わぬ行動をとる者は、地獄を見る。

「あんなもの、手についたクソと思え。洗い流せばいいんだ」

「学校で暴れ回ったら、男性教員全員で、取り囲め。一対多数では、さすがにかなうまい。その後、別室に隔離せよ。他の生徒と交わらないようにするんだ。男性教員二人で、交替で見張れ」

「それと、まず、登校した時は、学校に入れるな。暴れたら同じようになると、他の生徒への見せしめにしろ」

大澤の言った通り、朝の登校時には、若くて腕力のある男性教員が校門で仁王立ちになった。それでも、瞬の兄が入ろうとして取っ組み合いになる時は、警察も出動した。荒れ狂う兄に対し、教師への暴力、器物破損など、罪が加重されていった。

卒業式を間近に控えたある日、大澤はきっぱりと職員会で言い切った。

「田所は、式には出席させない」

卒業式当日。瞬の兄は、他の生徒と同じように登校した。しかし、校門で取り押さえられた兄は、式場ではなく、別室に連れていかれた。

「俺は何で卒業式に出られないんだ」

兄は、式場である体育館へ行こうと、教員の手を振り払い、出口の戸を開けようとした。

「お前は出る資格がないんだ」

「出てもらっては、みんなが困るだろう」

「終わってから、卒業証書だけは渡してやる。それを持って、おとなしく帰れ」

兄はさすがに、力では大人の男性教員たちにかなわなかった。

やがて、卒業式が終わった。兄は全員が下校したあと、人目に付かない時間になって、帰された。誰にも祝福されずに。

家に帰ってきた兄はいらだち、暴れ回った。瞬は、ただじっと、その様子を見ていた。

瞬の三つ年上の姉も、入学当初から、緑丘中学校に歓迎されることはなかった。

「例の田所の妹ですよ。まあ、兄と同じでしょう。あんな家庭だから」

「要注意ですね」

学校の対応は冷たかった。校内は陰湿な空気が漂い、真面目な生徒を傷つける「いじめ」が横行していた。生徒の中には、男子にも女子にも、校長と同じようなボス的な存在がいた。しかし、いじめの場合、加害者が誰なのか分からないほどやり方が巧妙である。首謀者も深く底に沈み込んでいてなかなか見えない。瞬の姉は、集団でのいじめを受けていた。ロッカーの中にあるトレーニングパンツに汚物をすり込まれるなどの屈辱的な嫌がらせを受けた。担任の若い男性教員に相談するが、担任自身が生徒に怯え、びくびくしている。

「先生、あの生徒のことは、気にしなくていいですよ。田所なら、そうされてもしょうがない何かがあると思いますよ」

いじめを受けている生徒が田所というだけで、他の教員にはどうでもよかった。

ある日の休憩時間。瞬の姉は、廊下の窓際に一人立っていた。そこに、いつものように、五、六人の女子グループがやって来た。取り囲まれ、怯える彼女に、一斉に足蹴りを始める。顔を手で覆い、しゃがみ込む姉。痛みをこらえ、必死に「助けて！」と叫ぼうとするが声が出ない。周りにいる生徒は、いつものごとく、関わりを恐れ、見て見ぬふり。その時、姉は、廊下の奥から、トイレを済ませ、こっちに歩いてくる学級担任の姿を見つけた。

〝あっ、先生！　早く助けて！〟

助けてもらえる期待感に顔がほころんだ。担任が近づいてくる。そして、目の前で足が止まった。

「やめろ！　何してるんだ」

強く、迫力ある叱責の言葉が飛ぶはずだった。しかし、足音が止まったのは一瞬。そのまま、何事もなかったかのように、また歩き始めた。足音がどんどん遠ざかっていく。

〝私の先生は、いったい誰？〟

瞬の姉は、その日から学校に行かなくなった。しかし、学校も学級担任も、この問題に関わることはなかった。姉は、卒業式にも出席しなかった。

そんな兄や姉の姿を見ていた瞬は、学校に対し、執拗な、憎悪とも言える感情をもち始めていた。

その年の春。

四月。凛子は小学校から異動し、緑丘中学校に着任した。校長の大澤は、予定通り、市教育委員会教育次長に栄転した。

そして、瞬はこの年、姉と入れ替わるように、緑丘中学校に入学した。

しかし、幼い頃に見せていたあの弾けるような笑顔は、もうなかった。

「最近、ちょっと小遣いが足りないんだよな」と、一言つぶやくと、今で言う「パシリ」と呼ばれる生徒たちが学校中を駆け回り、金を調達した。

事態に気づいた教職員は、緊急職員会議を開き、被害調査を行い、そして、後始末に追われた。教員であろうと、生徒であろうと、瞬に「気に入らない」と言われると、何かが起きた。車を傷つけられた教員も多い。仲間は、どんどん増え続け、瞬の指示通りに動き回る。学校はその対応や収拾に戦々恐々としていた。

こうして、瞬は学年が上がるごとに、兄以上の大物に成長していった。

そして、三年生に。

*

さて、学年会が行われる和室に三年を担当する全員が揃った。一年間のスタートを切る初めての学年会が始まる。まずは、学級担任決めである。これから一年間、真剣に向き合う生徒との出会いだ。例年は、一時間もかからずに決定する内容である。しかし、そういかないことは、ここにいる教員誰もが感じている。新しく学年主任になった中堅クラスの男性教員の津田は、最初からふてくされたようなうつろな目つきで、言葉を声にした。

「ただ今より、三学年の学年会を始めます。はじめに各学級の担任を決めたいと思います。田所瞬の学級担任を最初に決めなくては、あとが決まらないと思います。誰か担任をしてくれる人はいませんか。誰か担任を……」

誰からも声は上がらない。しばらく間をおいて、もう一度言った。

「誰か担任を……」

二十畳もある和室に、津田の涼やかな、落ち込んだような、困り果てた声が響く。

津田は白髪交じりで細面であるが、目だけはぎらぎらと大きい。どの教員にも、津田と目を合わせると、田所の担任をさせられてしまうのではないかという恐怖心がある。目力の勝負では、津田には敵わないことを、生徒ですら知っている。問題行動を見つけた時の津田の罵声、「おい、何やってるんだ」の一声は、いつも迫力十分である。だから、担任候補十名、副担任二名、生徒指導主事、学年主任と総勢十四名の教員が集まるが、誰も顔すら上げようとしない。こういう時は、手をぎゅっと握り、膝の上に置いたまま、微動だにしないことが、身を守る術だと知っている。たとえ、足がしびれて麻痺しようが、くしゃみをしようが、絶対に動いてはならない。ここが、勝負どころであると。

「佐藤先生どうですか」

困り果てた津田は名指しを始めた。

「とんでもありません」

佐藤は、必死だった。バスケットボール部の顧問で、熱血漢の佐藤は、厳しい指導と威圧的な態度で、市内では戦績を上げていた。そんな佐藤でも、瞬の学級担任は受け入れがたかった。

「私は、昨年、車を傷だらけにされた一人です。また、同じことをされるかと思うと、怖くて担任はできません」

「そうですか。……それでは、山田先生どうですか」

「とんでもないことです。私もです……。それに生徒たちは、田所に暴力を振るわれたり、恐喝をされたりして、怯えています。そんな生徒を……」

山田は、教科指導では自信をもっていたが、生徒指導では、日頃から、生徒の心を掴みかねていた。

津田は他にも何人かを名指ししたが、同じ答えしか返ってこなかった。

そこで、一年、二年と瞬の学級担任をした、腕力のある社会科教員の辻山に話しかけた。辻山は、体は横幅のある巨漢で、学校中をのっそのっそと歩きながら、生徒を指導した。腕力では、彼に敵う者がおらず、生徒にとっては、厳しく、豪傑な教師だった。生徒たちは、陰では辻山のことを「閻魔《えんま》さま」のニックネームで呼び、畏れていた。

「辻山先生、三年間の担任というのは大変だと思いますが、やはり、先生でないと担任できる教員は誰もいないようで……」

津田がそう言うと、今までうつむいていた他の教員たちの顔が、一斉に、起き上がり小法師《こぼし》のように持ち上がり、首振り人形のように縦にうなずいた。

「それはできません。私自身、もう限界です。この二年間だけでも、やっとの思いで取り組んできました。田所は、もう私の手には負えません」

そして、続けた。

「田所は、今年は鑑別所に行くことが決まっています。もうこれ以上悪いことはできないでしょう。ですから、どなたか、他の方にお願いします。今年度は、私は生徒指導主事の立場で関わります」

みんなはまた、ため息交じりにうなだれた。

鑑別所へ？　これはもっとたいへんなことに……そう誰もが思った。

全員が、前よりいっそう息を殺し、微動だにせず、決死の覚悟でうなだれた。

首が痛い。

カチ、カチ、カチ……。

時計の針の音が、やけに大きく聞こえる。今頃、他の学年は、新学期の準備を着々としているだろう。こんなことをしていると、どんどん仕事が遅れていく。かといって、担任が決まらないとどうしようもない。困った。凜子はとりとめもなく、こんなことを考えていた。堂々巡りで、頭の中がぼうっとしている。

どれくらい時間がたっただろうか。津田の投げやりな声が響いた。

「トイレ休憩を取ります。では、十分後にもう一度、ここに集まってください。みなさん、真剣に考えてきてください」

無言のまま、それぞれがそれぞれの場所へ。凜子もトイレへ向かうが、その中でも沈黙。誰も声を出そうともしない。男性教員たちは、口からたばこの煙とため息を同時に吐いている。

頭の中をリフレッシュし、教員たちは和室に戻ってきた。

「それでは、始めます。もう一度聞きます。誰か担任をお願いします」

日頃は、かっとしやすい津田も、できるだけ穏やかに丁寧に語りかけている。しかし、休憩前より場の雰囲気はもっと悪い。吐く息さえも聞こえないほど、静まりかえっている。これでは何にも決まらないだろうと、誰もが心の中で考えていた。

凜子は、想像以上にたいへんな状況になっていることを実感していた。あり得ないことに、たった一人の生徒が原因で、学級担任が決まらない。指導の重点でもある、「一人一人の子どもを見つめ育てる指導」を主体に勤務する教員が、一人の生徒にさえ寄り添えない。こんなことでよいのだろうか。そして、かけがえのない時間を使いながら、ただ自分の心を閉ざし、誰かに決まることだけを願っている。私たちは、本当に教師と言えるのだろうか。そんな想いがふつふつと湧いてきた。同時に、顔が少しずつ少しずつ上がっていった。うつむく他の教員たちの頭頂部が見え始めた。ただじっと下を向いている彼らの頭は、大きな漬け物石のように空しかった。

その時、凜子の目と津田の大きな目が、パチンと弾けるように合わさった。津田の大きな目に、凜子は完全に釘づけになった。もうそこからは、上を向こうが下を向こうが抜け出すことはできない。完全にロックされたように、凜子の目玉は凝固した。

「夏川凜子先生です。三年七組、田所瞬の学級担任は、先生です。お願いします」

きっぱりと言い切る津田の声に、またもや起き上がり小法師《こぼし》のように、全員の頭がひょいと持ち上がり、拍手喝采となった。

「えっ、どういうことですか。私ですか」

「先生なら、大丈夫ですよ」

「協力しますから」

笑顔で、肩をぽんと叩きながら、去っていく教員たち。

やがて、潮が引くように誰もいなくなった。

凜子は、一人取り残された部屋にあっけにとられて座り、

「えっ、本当ですか。それでいいんですか。私ですか……」

とつぶやき、呆然としていた。学年内でも一番若く、今まで三年の学級担任経験の一度もない凜子が、このような立場になることは、誰から見てもあり得ない出来事だった。

重い足取りで職員室に帰ると、他の教員たちはみな、遅れた分を取り戻そうと、必死に仕事に取り組んでいる。凜子は津田にあらためて聞いた。

「本当ですか。私ですか」

「あなたなら大丈夫ですよ。みんなで協力しますから……」

同じ言葉しか返ってこない。そのたびに仕事に夢中なはずの教員たちが、「うん、うん」と相づちを打つ。

「なぜ、どうして私なんですか。私でいいんですか」

何度言っても、もう誰も答えない。もうそれは関係ないとばかりに、自分のことだけを考えている。学校の教育現場ではよくあること。結局は、誰か気の優しい教員か、おっとりしている教員が、みんなのやりたがらない仕事を引き受けることになる。

凜子は悲しかった。空しかった。瞬の学級担任をすることよりも、こんなふうに決まってしまうこと、そして、自分でなくてよかったと思っている他の教員たちの態度が、悲しかった。

でも、決まったんだ、決まってしまったんだ、もう変わらない……と、凜子は、まさかの状況に、自分を納得させるための時間をとった。

三

校庭の桜が、満開に咲き誇り、生徒を迎える。

四月五日、始業式。生徒との出会いの日。いよいよ、瞬との出会いである。

始業式は一年間の中で一番生徒の出席率が高い。よほどのことがない限り、全員登校してくる。授業をボイコットし、学校内を徘徊している生徒も、「センコウ」としか先生を呼べない生徒も、学校に来るのが嫌な生徒も、誰も彼もやって来る。それは、自分の担任が、発表される日だからである。

「○年○組、○○先生」

始業式の中での担任発表。

「ヤッタ――――ッ」と大声で両手を広げ、ガッツポーズをした生徒がいた。ずっと待ち望んでいたことを、全身で表現した。本来、学校では、生徒に、担任発表の際は、声を上げげたり態度に表したりしないよう、式の前に指導する。なぜなら、望まない担任になった場合のどよめきや罵声は、生徒指導上、よくないことが起きるからである。しかし、その生徒は、大声で叫んだ。学級別の生徒の列にも並ばず、体育館の後ろの隅で、ふてぶてしい態度で座っていた生徒が、喜びのあまりのガッツポーズである。学校を荒らしていた生徒だったが、望んでいた先生が担任になったことで、その日から急変した。真面目に授業を受けるようになり、高校にも進学した。

生徒は、信頼できる担任を望んでいる。そして、信頼できる先生かどうか、日頃から観察し、見抜いている。教員に対して一番厳しい評価者は、生徒。

始業式の日、瞬は、やはりやって来た。茶色に染めた髪の毛を、ポマードでバリバリに固め、ハリネズミのようにとがらせている。短ラン（短い学ラン）にボンタン（膝のところが提灯のように膨らみ、足首でぎゅっと締まる変形ズボン）、靴のかかとを踏んづけ、ポケットに手を入れ、朝からのっそのっそと学校中を徘徊する。人垣が、水を引くように左右に分かれるのを楽しんでいる。仲間をはべらせて、ぞろぞろと威圧的に行進する。

「来てますね」

「ええ、あの格好では始業式に出せませんね。周りの生徒への影響が大きすぎます」

今年度より生徒指導主事になった辻山と、学年主任の津田が話している。

「私は、田所を美術室に入れ、見ております。式には出ません」

と辻山が言った。

「それでは、そういうことで。ところで、夏川先生。その後、彼と面談してください」

「…………」

「一人で大丈夫ですか」

津田が問いかけた。

〝大丈夫？　そんなわけないでしょう。一番分かっているのはあなたじゃないですか〟

凛子はそう心の中で叫んだ。しかし、その言葉を心の中に閉じこめ、覚悟するように言った。

「大丈夫です」

九時からの始業式は、校長の挨拶、担任発表、校歌斉唱と滞りなく進み、三十分ぐらいで終わった。その後、学級活動となる。担任として初めて、学級の生徒の前に立つ。担任としての所信表明である。特に、三年の学級担任の場合は、進路決定の学年として、生徒一人一人に信頼を寄せてもらえるよう、責任ある思いを語る。

ところで、凜子は毎年、担任として必ず誓うことが一つある。それは――一人を泣かせて一人一人の幸せはない。もしも、この教室の中で誰か一人を泣かせるようなことがあれば、どんな理由があろうとも、私はその一人に味方する。いじめは絶対許さない――と。

しかし、今年度は違っていた。生徒たちの目が、凜子に問いかけていた。

〝先生、大丈夫ですか〞

〝私たちのことより、先生自身がいじめを受けるのではないですか〞

〝暴力行為を受けるのではないですか〞

〝私たちは、自分のことよりも先生が心配です〞

〝田所君と同じクラスになったことは、運命なんですか〞

生徒は、凜子以上に不安感にさいなまれていた。

凛子は生徒を帰したあと、瞬の待つ美術室に向かった。

美術室は三階にある。まだ授業が始まっていないので、ひっそりとしている。凛子は、二階の職員室から階段をゆっくりと上がり、美術室の前に立った。

「ふうーっ」

一度、大きく深呼吸をした。両手で重い引き戸を、力を込めて開けた。思ったよりもすうっと、戸は横滑りに動いた。

瞬がいる。てかてかのポマード頭に短ランの後ろ姿。角椅子に大股を開けて座っている。その姿には、近寄りがたい凄みが漂っている。凛子は、まず彼の正面に立ち止まった。そして、同じ角椅子に向き合って座った。心臓が鼓動を速め、体がかすかに震えた。

「今度、あなたの担任になった夏川凛子です」

目は毅然と、唇は微笑むように言った。

瞬は何も言わず、両股を開き、ただうつむいている。首の青筋がぴぴっと動いたような気がする。すると突然、顔を持ち上げ、大声を張り上げた。

「卒業式をぶっ壊してやる」

そして、立ち上がって、

「それが、仕返しだ。覚悟してろ。分かったか！」

上から目線で、威圧するように怒鳴りつけた。同じ言葉を、何度も何度も……。

凜子の心臓は、ばくばくと大きく鼓動した。あまりのすごさに言葉を発する暇もない。体全体が硬直している。

言いたいことだけを言い、瞬は美術室を飛び出していった。彼の叫んだ言葉が耳にこだまする。凜子は、しばらく呆然とその場に座っていた。

〝怖い。本当に怖かった……。あれが田所瞬？　私の担任する生徒？〟

心臓は震度6ぐらいに揺れていた。

それから、どれくらいの時間がたっただろうか。凜子は職員室に戻った。

「先生、大丈夫でしたか」

「やはりひどかったでしょう」

「本当に厄介な生徒なんだから……」

口々に言われる言葉は、凜子の耳を素通りしていく。

凜子は、「なぜ？　なぜ、あなたはそんなに……」と、つぶやいていた。

四

始業式翌日。

警察から緑丘中学校に電話がかかった。

「深夜、他校生数名と徘徊し、喫煙をしていたので補導し、家まで送りました」と。

凜子は、瞬が学校へ来ていないので、自宅に電話をした。幸い、本人が電話に出た。

「学校へは行かない」

瞬はその一言を発すると、ガチャンと電話を切った。

しかし、そう言いながらも瞬は、昼頃、ふらっと学校にやって来た。手ぶらである。学年主任の津田がまず見つけた。そして、その格好を注意した。

「俺の格好のどこが悪いんだ。学校？　遊びに来てるのに、なんで勉強道具を持ってこなきゃいけないんだよ」

瞬は反論すると、帰ってしまった。

内科検診が行われていた翌日も、瞬は再びふらりと学校に現れた。

「緑丘中学校にも、すごい生徒がいますね。真っ昼間からキスマークをつけているとは」

内科医がぽつりと一言。

瞬は内科検診を受け、首筋や腹についたキスマークを、周りの生徒に見せつけていたのである。数日後、警察より、「高校中退生徒との不純異性交遊あり」と知らされた。

その後、瞬は学校に来なくなった。

この頃、凜子には気になっていることがあった。五月の修学旅行である。中学校時代の一番の思い出とも言える修学旅行。生徒はみな楽しみにしている。

〝瞬はどうするのだろうか。瞬にも思い出を作ってもらいたい。しかし、今の状態では行くこともかなわないだろう〟


修学旅行の日が近づいていた。しかし、瞬の母親から、修学旅行の出欠用紙がまだ出ていなかった。もうぎりぎりの時期である。

ある日、凜子は瞬の自宅に電話をした。

「修学旅行の件で、一度お母さまとお話をしたいと思います。学年主任とも会っていただきたいので、仕事が終わってから、学校に来ていただけますか」

瞬の母親は、残業で連日帰りの遅い日が続いていたが、数日後の夜七時頃、学校にやって来た。

「いっそのこと死んでくれたら……」

信じられない言葉が、母の口から出た。沈黙の時が流れる。そして、

「なんで、こんな息子に……」

と涙した。

「昨夜、修学旅行のことで口論になったんです」

母はぽつりぽつりと話し始めた。

「『あんたなんか、修学旅行に行けるはずないよ』『もう一度、言ってみろ』『あんたなんか、行けるはずがない。あんたなんか、いっそ……』、そんな言い合いの末に取っ組み合いになり、突然、息子は台所の包丁を持ち出し、私の手に握らせ、『刺せよ。これで刺せよ。本望だろう』と言って、自分の首に刃を近づけました。私はその力に負けそうになりました。押し返すのが精一杯でした」

そう言って、母はどうしようもない現状に涙した。

凛子は、この件は、瞬と話し合わなければならないと実感した。どんな形になろうと、避けては通れない道であると。

数日後の放課後、瞬はふらっと学校に現れた。いつも以上に目立つ格好でやって来た。

「夏川先生、田所が玄関に入ってきましたよ」

教務主任の教員が、声は小さく、おどおどした様子で、凛子に伝えに来た。四月以来、教員という教員は、凛子の連絡係を務めるだけで、瞬に関わる者はほとんどいない。

「ありがとうございます」

凛子は玄関に行き、一人でうろうろしている瞬を、美術室に誘導した。

「まあ、座って」

彼は、両手をズボンのポケットに突っ込み、おもむろに座った。

「今まで、どうしてたの？」

「…………」
股を開き、下を向いたまま、無言。数分間が過ぎた。
「もうすぐ修学旅行だけれど、みんなと一緒に行こう」
凜子は、あえて平静に言った。「みんなと一緒に」の言葉で、今まで下を向いてい
た瞬が、威嚇するかのように顔を斜めに持ち上げ、鋭い眼光をみなぎらせた。背中を
めいっぱい反り返らせ、瞬間的なエネルギーを満面にため込んでいるかのようだった。
「お前、俺に修学旅行に行ってほしいなら、行ってやるよ。頼めよ。行ってほしいっ
て俺に頭を下げて頼めよ。でも俺は、修学旅行に行ってめちゃくちゃにしてやる。新
聞に載るような、どでかいことをして、ぶっ壊してやる。もし、行ってほしくないな
ら、行ってほしくないと土下座して頼め」
彼の目は、真剣に訴えていた。凜子は、できるだけ穏やかに言った。
「行ってほしい。でも、ぶっ壊してほしくはない」
「はがゆいのう。ぶっ壊すって言ってんだから、行ってほしくないだろ。だから、行

ってほしくないって土下座して頼めよ。そうすれば、行かないと言ってるだろ」

彼は、もどかしそうに大声を張り上げた。

「本当は行ってほしくないんだろ！」

「いや、行ってほしい。一緒に行きたい。しかし……」

凜子の目と、瞬の真剣な眼差しが、重なった。

〝そうだよ、瞬。先生たちも生徒たちも、誰も彼もみんな、あなたに行ってほしくないんだよ。分かっているでしょ、瞬。誰も行ってほしいなんて思ってやしないよ。瞬、今のあなたは可哀想すぎるほど独りぼっちだよ。あなたが思っている通りよ……〟

同じやりとりの繰り返しに、彼の口調は次第に速くなり、ついには、立ち上がり始めた。彼は、凜子に本心を言わせようと、角椅子を蹴飛ばした。

「どうだ。早く本心を言えよ」

彼の目はそう言っていた。それでも、

「一緒に行こう」

と繰り返す凜子の態度にいらだち、彼はさらに荒れた。

ドカーン、ガシャーン、ガラガラガラ……。

角椅子が黒板に、机にぶつかり、床の上を転がっていった。

「行ってほしくないって言えよ」

本心を言わせようと、彼は必死に、懇願するように叫んだ。嫌われ者の自分を認識するために、これでもかこれでもかと、彼は威嚇した。それでも凜子は、「一緒に行きたい」としか言わなかった。やがて彼は、疲れ果てたような情けない視線を凜子に送り、思いきり美術室の戸を閉め、出て行った。

あまりの勢いにドアは半開きになり、止まった。凜子は、椅子や机を一つ一つ元に戻し、教室を片づけた。悲しかった。情けなかった。どうにもしてやれない自分の無力さを実感していた。

〝瞬、あなたは本当はどうしたいの。どうしてほしいの？　瞬、あなたの心の奥底にあるのは何？〟

数日後、瞬の母より一通の手紙が届いた。

〈夏川先生、子どものことで、迷惑をかけております。遅くなりまして、すみません。修学旅行は欠席させていただきます。安心して行ってきてください〉

「安心して行ってきてください」の言葉が、目に焼き付いて離れなかった。同時に、「本当は行ってほしくないんだろ」と言った彼の真剣な言葉が、ずっと凜子の心の底で叫び続けていた。


やわらかな木々の新緑が太陽に映える五月。

緑丘中学校の三年生は、修学旅行で京都、奈良、広島方面へ。三泊四日の日程である。

凜子は、奈良公園のベンチで班別行動のチェックをしていた。無邪気に鹿と戯れる生徒たち。早くも家族へのお土産が気になり、どれにしようか悩んでいる生徒たち。

凜子は、その笑顔の中にいる瞬を想像してみた。奈良の大仏の前で、その大きさに目を丸くしている姿が目に浮かぶ。広島の原爆ドームや原爆資料館では、今を生きている自分を見つめ直し、そして感謝するのではないだろうか。瞬に、生きていることのすばらしさを実感させたい。しかし、何よりもクラスメートとの楽しい思い出を作ってほしい。競争するようにご飯をおかわりし、たらふく食べたり、風呂場で背中を流し合う裸のつき合いや、就寝後、いつまでも起きていて、見回りの先生に叱られたり……ささやかだが、どれもが楽しい思い出となる。

だが、瞬は、そんな中学校時代のかけがえのない思い出を作ることができなかった。みんなが修学旅行をしている間に、学校待機の教頭先生に顔を見せるようにと言っておいたが、彼は登校しなかった。後日、凜子は、瞬もメンバーとなる班の生徒たちと一緒に、心ばかりのお土産を持って彼の家を訪れた。しかし、誰も出てこない。郵便受けの下に一筆添えてそれを置き、帰った。

五

木々の若葉がいっそうその生命力を輝かせる五月も末、ついに、家庭裁判所より連絡が入った。瞬は、その日のうちに少年鑑別所に入った。

彼は中学二年の時、車上荒らし、恐喝、暴力事件を起こし、警察で取り調べられたあと、児童相談所で指導を受けた。しかし、その頃から、学校にはほとんど登校しなくなり、家庭裁判所での審判を受けた。瞬は学校へ行くことを約束したが、全日登校したのは、わずか一日。他の出席についても、昼頃に登校したのが数回で、他は連絡のない欠席だった。

学校の指導にも応じず、教師にも暴言を吐くようになってきたため、学校は再度、家庭裁判所に相談。そして、今回の少年鑑別所入りという処置になった。

その日、学年主任の津田と凜子は、校長室に呼ばれた。教頭、生徒指導主事の辻山がふかふかのソファに座っている。凜子は、めったに入ったことのない部屋なので、いっそう緊張していた。辻山が、重々しい口調で、今回の処置についての説明をした。さらに、今後の対策についての共通理解を図った。

「一、本人は学校や大人への不信感が強い。その原因が何か、時間をかけて聞き出し、原因の除去に努める。

一、学級担任、学年主任、生徒指導主事は鑑別所を訪問し、更生について考える。

一、鑑別所指導担当者と、本人の今後の指導について協議し、進めていく。

一、本人は、運動能力に優れたものをもっている。この点を伸ばすことによって、学校生活に希望をもたせるようにする。

一、今後とも挙校体制で指導に当たるが、学級担任、学年主任、生徒指導主事は、母親ならびに関係機関とも密接な連携をとる。

以上です。よろしくお願いします」

辻山の話が終わり、凜子たちは校長室を出た。津田がぽつりと言った。

「田所は半年前、家裁で審判を受けた時、少年院がよいか学校がよいか聞かれたらしいよ。そして……」

凜子は、津田の次の言葉を待った。

「田所は、学校がいい、と答えたそうだ。しかし、彼はその学校に他の生徒と同じように来ることはできなかった。一日でも来たことは、彼にとってはすごいことかもしれない。しかし、それではだめなんだよ……。先生に対しては『お前』としか言えない。学校の規則もほとんど守れない。授業も受けない。教頭先生に、『何のために学校へ来ているんだ』と注意された時も、『文句あっか。俺に何をしろって言うんだ。勉強する気がないのに、なんで教科書を持ってこなきゃならないんだ。お前ら、何もできないのかよ。何かしてみろ』と暴言を吐いた。その後、教室の重い引き戸をこじ開け、出ていったそうだ。ものすごいスピードで」

そして今、瞬は鑑別所へ。

翌日、凛子は学級の生徒たちにこのことを伝えた。

「田所君は、しばらく学校を休みます」

理由は何も言わなかった。生徒たちは、何も言わなくても分かってくれることが多い。ありがたい。今、担任が何に必死になり、何に困惑しているかまでも、察知しているような気がする。感じるものがあるのだろう。

それから一週間くらいたっただろうか。一本の電話が学校にかかった。家庭裁判所の主任調査官からである。

「田所瞬は、とても素直に、規則を守って生活をしています。中では、何もトラブルを起こしていません。殊勝な顔をして過ごしています。きっと、心細い気持ちもあるのでしょう。夏川先生、会いに来てやってください。時間の都合のつく時でいいですから」

信じられない話の内容に、受話器を持ったまま、凛子はぼんやりしていた。津田が、

「行ってきなさい」と声をかけた。

数日後、凜子は、車で一時間ほどの距離にある少年鑑別所を訪問した。

今日の空は、「おーい」と叫びたくなるほど青く、澄み切っている。梅雨時には珍しいほどの晴れ渡った日。こんな日は、山々が美しく輝く。少し雪を残す山並みが、ぐんぐん近づいてくる。凜子は、万葉の歌人、大伴家持が詠んだ句を思い出していた。


立山に降り置ける雪を常夏に　見れども飽かず　神からならし

凜子の好きな一句である。立山の威風堂々とした姿が目に浮かび、凜子の心を、いつも清々しくしてくれる。もうしばらくすれば、あの清楚で可憐なチングルマの花々も、山を美しく飾ることだろう。

「あそこにいますよ。今、運動中なのでみんなと走っています」

少年鑑別所に到着すると、調査官が案内してくれた。ブルーのトレーニングウエアを着た集団が走っている。みんな丸刈り頭で、精悍な姿だ。瞬がどこにいるのか、遠く離れているのと、みんな同じ格好なので、分からない。

施設を案内されたあと、凛子は面会場所に向かった。

瞬を待つ。来るのが遅い。何とも言えない気持ちが心を覆い始める。

しばらくして、ドアが開いた。

〝えっ！　あなたが瞬？〟

あまりの変身ぶりに、凛子は目を見張った。ブルーの上下のトレーニングウエアを着た、丸刈り頭の瞬がそこに立っている。言葉が出てこない。彼は、今まで見たことのない笑顔で、椅子に座った。あ然としている凛子に調査官が、「田所瞬です」と紹介してくれた。

「あの……元気だった？」

凛子はそう言いながら、なぜか声が詰まってしまった。生まれたての赤ちゃんのように澄んだ瞳、さわやかな笑顔。彼がそこに座っているのに、何も言えない。言葉が出てこない。涙があふれそうになるのを、ぐっとこらえ、めいっぱいの笑顔を作った。今、なぜ、彼はここにいるのか。ここにいなければならないのか。自問自答しながら、彼の運命を感じていた。

「うん」

彼は、元気であることを、にこにこしながら笑顔で伝えてくれた。凜子は思わず、彼の青白く細い手を取り、自分の手を重ねた。彼は照れくさそうな瞳で笑った。凜子は、ただ黙って彼の手を包み込み、笑顔でうなずいた。

「待ってるよ」

その後、二週間ほどして、家庭裁判所で審判が下された。凜子も校長の梅田とともに出席した。審判は、「六か月間の試験観察」となった。必ず守らなければならない観察項目が述べられた。一言で言えば、「中学生らしい生活をする」こと。だが、今まで瞬が一番できなかったことである。厳しい試練である。

一、言葉づかいをきちんとする。
一、トイレには、用足し以外は行かない。
一、学校では、先生方の言われることを、きちんと守る。
一見、当たり前と思われることが約束された。しかし、これらを破ると、鑑別所から少年院へ行くことになる。瞬は、中学生らしい生活をすることを約束し、学校に戻った。

季節は、衣替えも終わり、六月の下旬になっていた。

六

凛子は、瞬が登校できるように、細かなことから準備を始めた。制服や運動服につける校章、内履き用の靴に使う指定の紐、ノート五冊（五教科用）を、学校の購買で手配。瞬の母親と連絡を取り、校章つきのズボンも購入してもらった。

学校では、違反ズボンの対策として、許可したズボンにだけ、ベルト下の部分に校章のマークプリントをしていた。ワンタック、ツータックの入っただぼだぼのズボンは認められなかった。経済的には苦しいはずだが、瞬の母親は必死で、他の生徒と同じものを準備した。

再登校となる一日目の月曜日。

瞬は、一限目から登校してきた。凜子は、彼と和室で話をした。

「さあ、今日からスタート。朝早くからよく来たね。大変かもしれないけど、がんばっていこう」

彼は、ぽつりと言った。

「悪いことさえしなければ、いいんだろう」

「そうだね。それがまず一番だ」

学校は生徒指導に重点を置き、体制を整えることに奔走していた。特に、服装には厳しかった。男子は学生帽を被り、詰め襟の一番上のホックまで留める（首の太い生徒には、ひと際苦しかった）。ズボンは、校章のマーク入りのものだけ。内履きの靴の紐は、学年が分かるように色指定。女子はスカーフの結び方や、上着は腰より短くならないように指導。スカート丈は特に厳しく、ひざ下何センチと決められ、靴下も決められた白いソックスだけ。服装検査は教室だけでなく、学年集会として体育館でも行われた。教員全員で、一人一人をチェックする。どんなに注意しても守らない生徒も多く、服装チェックは生徒たちに反感を抱かせた。

「あんな厳しいルール、守れるはずないだろう」

「違反のズボンを穿いてる者は、他にもいるだろう。俺だけに注意するなよ」

力で抑えようとすればするほど、生徒たちの中で不満が膨らんでいった。

二限の体育は、体操服を忘れたため、瞬は見学。あとの授業は教室にいるだけで、ずっとうつ伏せ状態だった。ほとんど校則通りではない服装だったが、瞬は、一日、学校にいた。

翌日の火曜日。朝、瞬は二十分の遅刻をした。他の遅刻者と一緒に廊下に整列。生徒指導主事の辻山の罵声が飛ぶ。

「お前ら、どういうつもりだ。何時だと思ってるんだ！」

長い廊下の端から端まで響く声に、教室の生徒も心の中では一緒に直立している。

瞬は、この日も六限まで学校にいた。水曜日も朝から一日いた。そして、木曜日、彼は初めて帽子を被って登校した。奇跡に近い出来事だった。帽子は髪の毛がぺたんとなるので、どの男子生徒も被りたがらない。しかし、校則だから仕方なく被っている。ましてや瞬は、髪の毛がリーゼント状に立っている。それなのに、帽子を被ってきたのだ。彼なりに、かなり努力しているのが分かった。

凜子は、「よくがんばった」と声をかけた。瞬はうれしそうだった。

そんな日が一週間ほど続いた七月のある朝。

瞬の母親から、学校に電話がかかってきた。

「昨夜から、熱が出ています。今日は休ませてください」

次の日は一日登校したが、その翌日はまた、

「熱が上がってきたので、休ませてください」

と電話がかかった。その後はまた登校してきた。

「心配してたよ。大丈夫？」

「下痢もまだある」

そんなやりとりを凜子と瞬がした数日後、また、母親から電話がかかった。

「もう一日、休ませてください」

しかし、教室へ行ってみると、瞬は登校していた。

「どうしたの？」

と聞くと、ぼそっと一言。

「テストだから……来た」

その日は一学期末考査、つまり、一学期のまとめのテストの一日目だった。彼は体調が悪い時以外は、ほとんど毎日登校した。必死に約束を守ろうとした。しかし、外

見は相変わらずである。少しはよくなったが、他の生徒と比べると明らかに違っている。一番難しいところである。

瞬が学校に戻ってくるにあたって、凜子は、母親と本人に固く約束してもらったことがある。母親には、欠席の場合、必ず電話連絡をしてほしいこと。所在が分からないと、どうしているか心配で、授業を放り出しても探さなければならないからである。そして本人には、途中で帰らなければならない事情があったとしても、必ず、学級担任である凜子に告げてから帰ること。

しかし、彼にとって、学校生活は想像以上に厳しかった。いきなり、高いハードルを飛び越えろと言われるような毎日だったに違いない。凜子は、辻山に願い出た。

「決まりは決まりかもしれません。ただ、田所君には、もう少し時間をください。一歩一歩ですが、努力しているので、お願いします」

「学校は、集団生活を送る所です。一人だけの例外は認められません」

一喝されて、終わりとなった。

一学期も終わり頃になると、彼は、かなりくたびれていた。当たり前の学校生活をすることに、多大なエネルギーを使っていたからである。

そろそろ、また……と、誰もが思い始めた頃である。彼は、以前のように髪の毛を格好よく固め、バリバリにして登校した。それを、玄関で津田が目ざとく見つけた。

「帰れ！　頭を洗ってこい。そんな格好では学校に入れないぞ！」

そう言って、ぴしゃりと玄関の扉を閉めた。

瞬はそのまま黙って帰っていった。

しばらくして、事務室から職員室の凜子に、校内電話がかかった。

「夏川先生、電話です。生徒みたいですが、誰かは言わないので……」

凜子はすぐに受話器を取った。

「先生。俺」

瞬ではないか。「先生」？　誰であろうと「お前」としか言ったことのなかった瞬が、「先生」と初めて言った。

「どうした？　田所君」

「先生、俺、学校へ行ったんだ。追い返されたけど。俺、先生に言わないで帰ったから」

「分かった。約束守ってくれたんだ。きちんとしてから、また学校へ来なさい。待ってるから」

と、受話器を置いた。凜子の胸を温かいものが包み込んだ。

数日後、缶詰工場で働く母親が、小魚の干物を数匹、大きな袋に入れて届けてくれた。

「お礼です。こんなものしかなくて……」

膨らんだ大きな袋の中で、魚たちが悠々と泳いでいるかのようだ。感謝したい、母の心。

そして、一学期末の保護者会の日がやって来た。三年生は、保護者、生徒本人、学級担任で話し合う三者面談である。しかし、瞬は来なかった。母親だけだった。凜子は言った。

「お母さん、彼は約束を守り、少しでもよい学校生活を送ろうと努力しました。よくがんばりました。ほめてあげてください。よい夏休みになることを願っています」

瞬の母親は本人が進学を希望せず、就職を考えていると告げた。

こうして一学期が終了した。いよいよ、長い夏休みが始まる。夏休みは、学級担任にとって一番心配な時期である。瞬にも、よい生活を送るよう約束させたものの、当てにはならない。本人の自覚を促し、周りが見守っていくという方向で、過ごさせるしかない。彼の心が逆戻りしないことを願い、凜子は時折、瞬の自宅に電話をかけた。

七

凜子には、学校生活について、大切にしている思いがある。

学級は、学校生活の中での家庭。温かい家庭、温かい学級の中でこそ、病んだ心も癒やされる。全体の中で育まれた心のふれあいは、その生徒だけでなく、学級生徒全員の心をも癒やし、育てていく。荒れた家庭、荒れた学級では、誰の心も満たすことはできない。生徒の問題行動は、疎外感、孤独感から引き起こされることが多いのだ。

もっと大きなもので包み込む、引き入れる愛情の大きさが必要だろう。その仕掛け人は、学級担任。包み込むのは、学級担任とクラスメート、つまり、学級であろう。凜子は、一人一人の心が一つに繋がる学級を目指した。そのためには、一日一回は、生徒一人一人の顔と目を見て話をしたい、ふれあいの時間をもちたいと思った。

中学校は、学級担任が一人で授業をするわけではないので、それはなかなか難しい。しかし、幸い凜子は国語科の教師だったので、一日に一回は授業で生徒と顔を合わせることができた。教科によっては、一週に一回だけということもあるので、凜子は環境に恵まれていた。

凛子の国語の授業は、こうである。国語は、「読む、書く、話す、聞く」を指導する教科。人間として生きるために、生涯学び続ける教科である。それゆえ凛子は「授業開き」の時間をたっぷり一時間はとる。これから一年間学び続けるために、この時間は、とても大切である。逆に言えば、ここで生徒たちに「やろう！」という気持ちにさせることができなければ、意欲をもって授業を受けさせ、ゴールに辿り着かせることは至難である。四月、凛子は気合いを入れて授業に赴く。ガラリと教室の戸を開ける。

「起立。礼。着席」

挨拶のあと、しばらく間が空く。生徒は、凛子の第一声を待っている。黒板に「国語」と大きく書く。続けて「＝」と書いて、初めて言葉を発する。

「国語が好きな人、手を挙げてください」

ぱらぱらっと、数人の手が挙がる。

「では、嫌いな人」

堂々と手を挙げる生徒が大勢いる。中には、凜子が怒るのではないかと、恐る恐る手を挙げる生徒もいる。みんなが、凜子の顔色を見ている。そこで言う。

「うーん、とてもやりがいのある教室だ」

生徒は、そんな凜子を、あ然とした表情で見つめる。

「ところで、国語とは何？　世界の国々はその国の言語をもち、それを使って生活している。アメリカは英語。中国は、中国語。ブラジルはポルトガル語……。日本は？　そう、日本語」

イコールの記号の横に、「日本語」と大きく書く。そして、また尋ねる。

「国語を学ぶのはいつまで？　学ばなくなるのは？」

生徒は考える。じっくりと。凜子は、語りかける。

「今、みんなが聞いているのは、日本語。先生が話しているのは？　そう、日本語。書いているのは？　読んでいるのは？　教科書も日本語。自分の周りは、日本語。国語がいっぱい。そうすると……」

ここで少し間をとり、凜子は問いかける。

「いつまで学ぶ?」

「一生だ!」

生徒たちが声をそろえて一斉に言う。

そこで、凜子はおもむろに言う。

「そう、人間が人間として生きている間、学び続けるのが国語。学校を卒業したからといっても終わらない。だとすれば、今、もうこの年で国語嫌いの人は、大変なことになるね。これから、何十年と学び続けるのに……」

みんなは、不安そうな顔になる。中学生の国語嫌いは、とても多い。

「でも、心配無用。今日から、国語好きになればよい。先生は、この一年間、みんなが国語好きになることを目指して、がんばる」

そして、もう一度イコールの記号を書く。その横に「人間学」と書く。

「国語は、人間が人間として生きるために、一生学び続ける教科です」

凛子の国語の授業のスタートは、生徒が学ぼうとする気持ちになった時から始まる。学ぶ意欲が高まれば、授業中の生徒の目は輝く。一年間の授業は、楽しくなる。

そんな学校での一日の始まりは、特に大切である。

「おはよう」

返ってくる挨拶のトーンでその生徒の気分が分かる。おかしいぞ、家で何かあったかな、喧嘩でもしてきたかな、と気になる声。逆に、「おはよう、先生。俺……」と自分から声をかけてくる生徒、きっと何かよいことがあったのだろう。たとえ何もなかったとしても、充実した生活をしているんだろうと安心する。他にも、咳がひどいな、熱があるのかも、保健室でみてもらった方がいいかもしれないと気づくこともある。

朝のふれあいは、一日のよりよいスタートのために、とても大切である。

また、ふれあいは、毎日の清掃時間にもできる。凛子は、生徒と一緒に汗を流す。手を真っ赤にしながら雑巾がけする生徒に「冷たいね。大丈夫？」と声をかけると、輝くような笑顔が返ってくる。机の持ち運びは、床が傷つかないように二人でペアになって運ぶ。「よいしょ」と持ち上げながら、呼吸を合わせ、次々に移動する。リズミカルでとても気持ちがよい。ふれあいは、どこでも作ることができる。

また、授業後の休憩時間、これも短いが、とても大切である。すぐに職員室に戻らないでいると、教卓の周りに生徒が集まってくる。

「先生、私、昨日、国語辞典を買ってもらったんです」

と、うれしそうに見せに来る生徒。真新しい辞典を見せながら、学ぼうとするエネルギーをあふれさせている。

「先生、国語って、いろいろな考え方があるから難しいね」

「勉強法教えてください」

など、いろいろ話しかけてくる。何も言うことが見つからない男子生徒もいるが、それでも何か言いたいのだろう。

「先生、今日の給食の献立知ってる？　俺、知ってるよ」

と、得意そう。

「先生は知らない。すごいなあ。教えて……」

こんなちょっとした会話がふれあいに繋がり、とても楽しい。

生徒は口々に凜子に話しかける。それは切れ間なく続く。しかし、そんな時も、話したいけれど、何も言えないで立っている生徒がいる。隅っこにいる生徒が気になる。

「最近どう？」

凜子はさりげなく一言を届ける。


また、凜子は、学習予定などの連絡ノートを、生徒との交換日記にしている。ノートには、うれしかったこと、悲しかったこと、また、悩んでいることなど、自由に書ける欄が作られている。朝、そのノートを集め、帰りに返す。その時までに、全員のノートに目を通し、一生懸命赤ペンで返事を書く。

凜子は、連絡ノートを読んで、メッセージを書いている時間が好きである。いっぱいの言葉を届けたいが、何しろ全員に多くを書く時間がない。ちょっとした時間もひねり出し、集中する。悩み相談の時は、特に。

〈先生、私好きな人ができました。でも、その人は何も気づいていないんです。勉強しなければならない時に、こんなことを思ってはだめだ、と自分に言い聞かせています。どうすれば……〉

《つらい気持ちを、打ち明けてくれてありがとう。思ってはいけないと思えば思うほど、勉強に集中できないとすれば、いっそのこと、それを無理に止めないで、プラスのエネルギーに変えれば、なおさら勉強できるようになるのでは……。先生も、あなたと同じ頃に……》

こんなふうに書いていると、連絡ノートは、赤ペンの文字でいっぱいになる。

生徒は、自分のノートが返された時、何が書いてあるのかを楽しみに、そうっと開いている。その様子がかわいい。凜子が書いた言葉のどこに心が響いたのか、にっこりと微笑んでいる時など、凜子も思わず頰をゆるめる。

〈昨日は、遂に母とけんかをしてしまいました〉
《それでは今日は仲直りの日だね》

毎日使う連絡ノートは、それなりに使い古した分、手あかがついたり曲がったりしてくる。

一学期も終わり頃。生徒の人数分の四十冊近くが積み重なる中に、ちょっと違うなと思われる真新しい一冊が入っていた。

〝もしかすると……〟

思わず中から取り出した。

「田所瞬」。表紙には凜子の字で書かれた名前があった。「これは、交換日記でもあるんだよ」と、名前を書いて渡した連絡ノート。

初めて提出してくれた。何にも書いてなかったけれど、凜子はうれしかった。赤ペンで、いっぱいの思いを言葉にのせ、瞬に語りかけた。夢中で書いている凜子の心は弾んでいた。

八

二学期が始まった。二学期は一年での実りの時期。高校進学に向けて、生徒一人一人は気を引き締め、受験の準備をする。朝学習に始まり、六時間びっしりの授業、そして放課後学習。帰宅するのは、辺りが薄暗くなり、日も沈む頃。勉強一色の日々が卒業する頃まで続く。帰宅しても、食事と風呂、そして、睡眠以外はほとんど学習。一に勉強、二に勉強、三に勉強のフルタイムである。緊張感が漂う。

学級担任は入試データ作り、進路指導、面接と、生徒一人一人の未来に真剣に立ち向かう。職員室は、休憩時間も、放課後も、質問をしに来る生徒であふれかえる。時には、一人の教員に、五、六人が順番待ち。屏風を立てたように立っている。

「先生、どうして、ここはこうなるんですか」と、問題集を手に質問する生徒から、「先生、俺どうしたら国語が得意になるだろうか」「この成績で、○○高校、合格できるか不安です」「両親が、どうしても○○高校に行けと言います。自分は、別の高校に行きたいのに……」と、進路相談までさまざま。トイレに行く暇もない。

一方で、勉強一色のこの時期に、真っ直ぐに伸びているレールから外れそうになる生徒も多い。勉強が嫌いな生徒、そして、理解したくても基礎基本からつまずいている生徒、机の上にうつ伏せになっていても、あくびをしていても時間が過ぎず、飛び出したくなる生徒たちがそうである。授業をボイコットしたり、徘徊したり、はたまた喫煙したりする生徒も出てくる。

そこで、問題行動のある生徒についての会議が頻繁にもたれた。まずは、そのような生徒を増やさないための全体指導、これをできるだけ厳しくすることになった。一人の教員ではできないので、学年、学校全体で指導に当たる。しかし、学校の緊張感は、彼らを酸素不足、そして、呼吸困難にさせる。じたばたしたあと、おとなしくなる生徒もいるが、自滅してしまう生徒もいる。

では、瞬にとっての二学期は？　実りとは？　自分の未来のために瞬自身は何を育てる？

瞬が、どんなにがんばろうとしても、そんな学校生活についていけるはずがないことは、誰もが分かっている。一番に学校を去る生徒、いや、去ることを余儀なくされる生徒とでも言おうか……瞬の未来は、閉ざされようとしていた。

だが、瞬は学校に来た。約束を守るために。

「ズボン、おかしいじゃないか」

「この上着、短すぎるだろう」

「おい、帽子はどうした」

「髪の毛につけているもの、洗ってこい」

「帰れ」

「きちんとしてから、学校に来い」

彼は、校内に入ることができなくなった。毎日毎日登校しては、校門で言われるがままに帰っていった。

十月の初め頃だっただろうか。

「先生、俺、来たよ。でも……」

その言葉を最後に、瞬は学校へ来なくなった。そして、母親から「風邪で欠席します」という連絡が頻繁に入るようになった。そのうちに、母親からの連絡も来なくなり、無断欠席が続いた。たまにふらっと来たかと思うと、頭は茶髪でバリバリのリーゼント、靴下はピンク、服装も以前に戻ってしまい、完全にツッパリスタイル。登校しても何もしないまま追い返される。それでも、学校に来ることが使命でもあるかのようにやって来る。追い返されることは、分かっているのに……。瞬は、着実に逆戻りしていた。

そんな中でも、凜子は、一つの願いをもっていた。卒業までに残された楽しい学校行事は、中旬に予定されている校外学習だけ。瞬を、一時でもよいから校外学習に参加させ、中学校時代の思い出を作らせたい。そのためには、何としてでも、連れていきたいと。

そこで、凜子は家庭訪問をした。何度も何度も、瞬の自宅に足を運んだ。

「一緒に行こう。みんなと一緒に行こう。みんなも待っている」

同じ班になる生徒と一緒に、しおりを持って訪問した。自宅に誰もいない時は、郵便受けに手紙を入れて帰った。

こうして、校外学習の日を迎えた。

「やはり来ないでしょう、夏川先生。田所は来るわけないですよ。だいたいあんな格好で、どこにも連れていけないでしょう」

学年主任の津田が、当然だと言わんばかりにつぶやいた。

バスの出発時刻まであと十分。

「田所君は必ず来ます」

凛子は、津田に返答した。

あと九分、八分……と、時間が過ぎるのを気にしながら、凛子は待った。全員がバスに乗車し、あとは、出発するだけ。

「夏川先生、時間ですよ。早くバスに乗ってください」

遠くに、瞬の姿を追い求める凛子。「来る。必ず来る」と、心の中で叫んでいる。

「もう少し、もう少しで……」

「出発します」

ガイドの最後通告の声が聞こえた時、凛子は、津田に駆け寄った。

「先生、お願いします。私の代わりに、学級のバスに乗って、出発していただけませんか。私は、すぐに車で追っかけます。田所君を乗せて必ず行きます」

津田は無言だった。しかし、おもむろに口を開いた。

「分かりました。行ってきなさい。必ず連れてくるんですよ」

その後凛子は、瞬の家にかなりのスピードで迎えに行った。

家にいた瞬を、凜子は車に無理やり押し込んだ。荷物は何もなし。瞬は、黙って同乗した。

果てしなく広がる青い空。ススキが心地よく風に揺れている。

秋晴れの最高の日、高原の芝生を童心に返ったかのように無邪気に走り回る生徒たち。笑顔が弾ける。

凜子は、今日は何もかも忘れて、めいっぱい楽しい時間を、思い出の時間を、瞬のために作りたいと考えていた。

「先生、〝だるまさん、ころんだ〟しようよ」

一緒に遊ぼうと、ある生徒が誘いに来てくれた。凜子は瞬を連れて、仲間に加わった。

「だるまさんが、こ、ろ、ん、だ」

照れくさそうに、瞬が突っ立っている。

「だるまさんが、ころんだ！」

生徒たちが一斉に後方に逃げる。鬼に捕まらないように、瞬もうまく逃げた。彼はやはりスポーツマン。動きが速い。

〝楽しんでいるのかもしれない。やはり連れてきてよかった〟

凛子は、彼の顔を横目に見ながら思った。

昼までしかいられなかったが、青い空の下、瞬と一緒に分け合って食べた弁当は、格別な味がした。凛子は、食べることが大好き。

九

市教育委員会に赴任した緑丘中学校の前校長大澤は、それまで以上に、はりきっていた。市教育委員会は、その市の教育に関する事務を管理執行する機関である。何よりも、教員の人事に関わる機関の一つである。すべてを傘下に置きたい大澤にとって、市教育委員会の教育次長という新たな役職は、願ってもないポストである。教育長がその上にいるが、大澤教育次長にとっては、気になる存在ではなかった。

緑丘中学校のあるこの市は県内でも大きく、市立小・中学校合わせて五十校はある。各校長は学校ではトップでも、教育次長にとっては将棋の駒のようなもの。自由自在にできる。大澤が各学校に電話で指示を出す。それがどんな指示であろうとも、校長たちはイエスマンとなり首を縦に振る。もしも、ノーと言えば、どんな仕打ちが待っているか分からないのである。


木々も色づき始め、秋風が心地よく感じられる季節。コスモスの花が気持ちよさそうに揺れている。中学三年生にとっては、部活動の大きな大会も終わり、自分の進路を見つめる時期である。

そんなある日、市内の花田中学校に一本の電話がかかった。

「市教委の大澤だが校長はいるか」

「はい。恐れ入りますが、校長はただ今、来客中で……」

事務員がそう言い終わらないうちに、いらだちもあらわに続けた。

「大澤から電話だと言え。すぐ、出るように言え」

「はい、分かりました」

「……お待たせしました。校長の麻生です。何かご用でしょうか」

「用があるから、電話してるに決まっているだろう。お前の所の五人組、一体どうなってるんだ。目立ってしょうがない生徒を、どうして学校に来させてる？　すぐ指導して、来られないようにしろ」

大澤は、市内の各小・中学校に秘密裏に報告係を配置しているので、学校の実態が手に取るように分かる。教員、特に上を目指す人間にとっては、校長より、人事に関わる市教委の方が気になる。花田中学校の場合、中堅クラスの生徒指導主事が、報告係だった。したがって、学校の実態は、逐次、大澤に知らされた。

校長の麻生は、電話越しの罵声を、ただ黙って聞いていた。そして、半ばかっとしながらも平静を保ち、おもむろに答えた。

「あの生徒たちは、今、学校で指導している最中です。もう少し待っていただけないでしょうか」

すかさず声が返ってきた。

「そういうのんきな校長だから、たかが生徒になめられるんだ。他の校長は、うまい口実をつけてなんとかしているぞ。お前だけ、できないというのか」

「そういうことではありません。保護者とも連携をとり、学校を挙げて、指導体制を組んでおります。せめて、もう少し待ってください。あの子たちも、少しずつよくなってきているんです。お願いします」

「よくなってきている？　本当にそうなのか」

薄気味悪く笑いながら答えた。そして、すかさず言った。

「そこまで言うなら勝手にするがいい」

ガチャン。

受話器の向こうで、大澤は、高笑いをした。

「あいつは、アホだ」

周りの職員は同調し、うなずいた。

麻生校長は、教頭を呼び、緊急職員会を開いた。そして、あらためて学校の方針を確認した。

「学校には、確かに落ち着かない生徒がいます。しかし、その生徒たちに寄り添い、何とかよくなる方向にもっていきたい。生徒一人一人を見つめ、育てるのが学校だと思います。教職員一同、もう一度心を引き締め、一枚岩になって取り組んでほしい。お願いします」

麻生は声を張り上げ、深く頭を下げた。

また、夜はPTA役員会を招集した。学校の現状を話し、協力を依頼した。

花田中学校同様、凜子の勤める緑丘中学校も、教員たちの帰宅はかなり遅かった。

しかし、凜子が帰る頃でも、花田中学校の校舎には、いつも明かりがついていた。毎日毎日明かりが。

麻生校長は、その後も大澤教育次長からの催促の電話を受け続けた。そして、ついに、市教委に呼び出された。ある日、校長は、言われた通りに市教委に向かった。たった一人で。

そこで何があったのかは、分からない。誰にも分からない。ただ、麻生の大事なエンジン部分が壊れた。校長は動かない人となった。何も言わない。ただ、校長室にじっと座っている。

それからまもなくだった。麻生は辞表を提出し、自ら学校を去った。

市教育委員会の大澤と緑丘中学校の校長の梅田は、全く正反対というべき性格である。しかも二人は、大学時代からのライバルだった。

梅田は、生徒一人一人は、かけがえのない一人であると考える。だから、どんな生徒にも寄り添い、支援する。縦系列で先生方や生徒を評価しない。まして、生徒指導上という理由で、問題のある生徒を切ったりはしない。

梅田は言う。

「夏川先生、田所君を担任するのは大変だと思う。とにかく、学校としては、全面的にバックアップする。何なりと言ってほしい。彼を兄の二の舞にはしないよ。先生自身も体には十分気をつけてほしい。先生が倒れると、元も子もないからね」

だが、大澤にとって一番の目障りは、梅田のいる緑丘中学校。そして、何よりも、田所瞬。早く切りたかった。自分の威厳を示すためにも。だが、梅田は、そうはさせまいとばかりに、生徒指導委員会、校務運営委員会、職員会を頻繁に開いた。母親とも話し合い、彼の卒業後の進路についても一緒に考えようとした。花田中学校のようにはなるまいと、校長自らが夜遅くまで残り、対策を考えた。夜の九時になっても、十時になっても、職員室の明かりは消えず、瞬、そして瞬の仲間たちの指導について、話し合われた。このままでは、瞬は学校から切り離されてしまう――校長と同様、凜子はそんな不安感をもち始めていた。

ところで、ここ緑丘中学校にも、大澤への報告係がいた。校長を補佐する立場の教頭である。校長と教頭は、学校では夫と妻のような役割。夫婦のように一体となって学校運営に当たるのだが、緑丘中学校では、妻が夫を裏切り、不倫している関係とでも言おうか、許されざる状況にあった。教頭は、若くして管理職になったエリート。さらにステップアップして出世するために、この役割を選択した。したがって、学校のことは筒抜け。梅田の思うようには、なかなか事が進まない。

当の大澤は、当然のごとく、梅田に指示を出した。

「大澤だ。分かっていると思うが、緑丘中学は、市内のガンだ。田所をどうにかしろ。目障りでならない。緑丘中学の他の生徒たちを落ち着かせるためにも、田所を学校に来させないようにするのが、当然だろう。校長がそうできる理由は、いくらでもあるだろう」

「いや、彼は彼なりに努力しています。だから、少しずつですが、よくなってきています。保護者も学校に理解を示してくれるようになりました。学校としても精一杯の指導体制を組んでおります。もう少し、長い目で見守っていただけないでしょうか」

梅田は、毅然として言い放った。

「俺の言うことが聞けないのか。俺は教育次長だぞ」

「だから、お願いしているのです。教育委員会として、もっと生徒一人一人に対応する指導のあり方を示すべきだと思いますが……」

梅田は、はやる気持ちを抑え、おもむろに言った。

「むしろ、何にもしてないじゃないですか」

「何！　お前は俺に指図する気か」

ガチャン。

平行線を辿る話し合いは、回を重ねるごとに、ますます激しくなった。

「学校にも生徒にも寄り添わない。あれが教育委員会と言えるのか。本来は、もっともっと……」

それから、「あれが教育委員会と言えるのか」は、梅田校長の口癖となった。そして、この言葉は、逐次、教頭によって報告された。当然のごとく、大澤教育次長の腹の虫は収まらない。それどころか、どんどん怒りは膨らんで、破裂寸前の所まできていた。

「教頭、まずは、仕事をするな。徹底的に逆らえ。校長が教職員に右と言えば、左と言え。バックに俺がついているから安心しろ。お前は、もうすぐ校長にしてやるからな。大船に乗ったつもりでいろ」

「仕事をするな」——この一言を貫くために、教頭は一日中、机上にあるパソコンと戯れていた。

「教頭先生、田所のせいで、他の生徒も浮き足立ってきています。ちょっと様子を見に来てもらえませんか」

二年の学年主任が、教頭に話しかけた。が、教頭は顔を見ようともしない。話を聞こうともしない。ただ、座ってパソコンを眺めている。無視である。隣の席で、その一部始終を見ていた梅田校長が激怒した。

「教頭、あなたは、それでも教頭ですか……」

教頭は、心の中でにやりと笑った。

雪国の冬は早い。山々の頂きが白くなり、いっそう神々しい姿を見せている。

この日も夜遅くまで、職員室には、校長の梅田をはじめ、何人かの教員が残っていた。

「夏川先生。田所君は今、どんな状況ですか」

「はい、なかなか連絡が取りにくくなっています。母親からの連絡も少なく、無断欠席が多くなっています。連絡が取れた時も、体調が悪いと言うだけで、悪い方向に戻っていくのではないかと、心配しています」

「他校生徒との交友関係も気になりますねえ」

「登校してきた時も、学校に入れることのできない服装なので、他の生徒の手前、追い返すしかないんです」

生徒指導主事の辻山が毅然として言った。誰も何も言わない。どうしたらよいのか名案が浮かばず、時間だけが流れる。すでに夜の十時になろうとしている。その静けさは、教員たちの心にも染み入っていた。

その時だった。

ガラッ。

職員室の戸が突然開いた。全員の目がそこに釘づけになった。まさかの訪問者である。教育次長の大澤が仁王立ちしている。しかも、部屋着のままである。

彼は、さげすむように言い放った。

「一体、何時だと思ってる。恥ずかしくないのか。こうこうと明かりをつけて。一体全体この学校はどうなっている。校長は何を考えてるんだ」

梅田校長は、いきなりの訪問者の無礼さに怒りをあらわにし、席を立って言い返した。

「あんたこそ何様のつもりだ。いきなり入ってきて。その態度は何ですか。帰ってください！」

いつもとは違う校長の形相に、教員たちもただならぬ状況を感じ取っていた。

「お前こそ、地域住民を寝られないようにしていることが分からないのか！」

お互いに一歩も引かない。どれだけ時間がたっただろうか。大澤は「ばかばかしい」の一言を残して、帰っていった。

「あれが…………」

梅田のため息交じりの一言が、凜子の耳に響いた。教頭は、うつむき加減に、しかし、上目づかいで、事の次第を凝視していた。

誰が何を言い、校長が何をしたか、実況生中継のように、ひたすらパソコンに向かい記録した。そして、メールを送信した。宛先は大澤教育次長。

凜子は胸騒ぎがしてならなかった。最近の瞬は、また昔の頃に戻りつつある。いや、むしろ戻るように仕組まれているのかもしれない。彼の気持ちを逆なでするような、周りの言動も気になっている。教頭は朝から、辻山をはじめ、上昇志向の男性教員を引き連れ、玄関に仁王立ちしている。

「帰れ！」

「その格好では学校に入れないぞ」

「お前も、兄や姉と同じようになるんだ。卒業式には出さないからな」

あざけるような高笑いに、瞬は、かっと目をむき、校内に入ろうとして飛びかかる。

しかし、あっけなくはじき出される。

「警察を呼ぼうか」

「今度はお前を鑑別所から二度と出てこられないようにしてやろうか」

「ぶっ壊してやる。卒業式、ぶっ壊してやるからな」

「はははは……」

「必ずぶっ壊してやる！」

教頭たちの挑発的な態度に、瞬は、声がかれるほど叫んだ。しかし、それは、彼らの高笑いにかき消された。

その後、まもなくだった。市教委から、呼び出しがかかった。

梅田は、教育委員会に出向いた。

「田所瞬は、卒業式には、出すな。他の者への見せしめのためにも。これは、命令だ。指示通りにしろ。さもなくば……」

梅田は、ゆっくりとした口調で言った。

「田所瞬は、卒業式に出します」

「田所は、卒業式をぶっ壊すと言っている。それを知らないはずはないだろう」

「知っております」

「ぶっ壊すと言っている人間を出してどうするんだ。頭がおかしいいんじゃないのか。それが校長のとる態度なのか」

話は、やはり平行線。声を荒らげる教育次長に対し、校長は平静だった。そして、毅然として言った。

「もちろん、卒業式を壊すことはさせません。立派に卒業させます。だから、卒業式には出席させたいと思います。いや、出席させなくてはならないのです。彼自身のために。そして、私たち自身のために……」

「そこまで言うか。それなら、責任のとり方ぐらいは知っているだろうな。お前の首がかかってるんだぞ。いや、お前の首が飛ぶくらいでは、すまぬかもしれん。あいつのために、自分の首をかけるのか？　そこまで、馬鹿じゃあるまい。これで最後だ。もう一度言う。田所瞬を卒業式には出すな。たかが一人、どうにでもなるだろう」

大澤は、かっと目を見開いて、梅田が、首を縦に振るのを待った。梅田は、黙って目を閉じている。何を考え、何を思っているのか、静かな、無言の時間が流れた。どちらも話さない。

ひと際丸く大きな夕陽が、空一面を茜色に染めている。辺りは、もうとっぷりと日が暮れかかってきた。窓越しに見える雲の色模様が心にしみる。

そして、ついに、校長は言った。しっかりと目を見開いて。

「もちろん覚悟しております」

「勝手にせい！」

大澤は、両拳で机を思いきり叩いた。夕陽がその紅潮した頬をそっと撫でた。

梅田は、市教委をあとにした。

十

次の日、緑丘中学校では職員会議が開かれた。もちろん、議題は卒業式。梅田校長は、卒業式への思い、市教委との話し合いについて、熱く、一つ一つのことを自分に言い聞かせるように、語った。そして最後に、教職員が一番気にかけていることについて、重々しく言った。ベートーベンの「運命」の出だしのように、衝撃的な一言を。

「田所瞬は、卒業式に、出席させます。他の生徒と同じように出席させます」

言葉の途中から、周りがざわついた。生徒指導主事の辻山が口火を切った。

「校長先生、それは駄目です。三年間の終わりを飾る卒業式を、一人の生徒のために壊すことになります。それはできません。反対です。他の教職員も同じことを思っているはずです」

他の教職員は、同意を示すように、きっと校長をにらんだ。

「校長先生、式場が混乱して大騒ぎになり、警察の出動を要請しなければならない事態になったらどうしますか。卒業式は、中止ですよ」

いつもは何も言わない教頭が、物申した。

「いや、卒業式は、厳粛にやるよ」

校長は堂々と言い切った。

教職員はみな、何とか校長を思い止めさせようと、もう体を斜めにせり出している。

「絶対だめです。校長先生、それだけはやめてください。それでなくても生徒は、この三年間、田所のことで十分悩んできました。せめて最後ぐらいは、きちんと卒業させてやりたいと思います」

学年主任の津田は、机に両手をついて懇願した。校長は、静かにゆっくりした口調で話し始めた。

「みなさんに問いたい。私たちは何のために教員をしているのか。誰のために教員をしているのか。卒業式は、確かに三年間を、いや義務教育九年間を締めくくる儀式です。それだけ重要なものだから、出席させたいのです。卒業証書を渡したいのです。彼にとって、それが出発点となります。生徒一人一人の人生を背負う責任が、私たちにあります。全員一丸となって、彼を出席させる卒業式はできないでしょうか。みなさんの心が、一枚岩になれば、必ずそれができると信じています」

誰も何も言わない。一人一人何を考えているのか分からない。無言の時間が続いている。凛子は、校長の話を聞きながら、自分の心に問いかけていた。

〝彼を出席させたい。いや、出席させる。兄も姉も出させてもらえなかった卒業式。それを可能にするには、何をなすべきか。出席できたとしても、何もトラブルを起こさないためには、何をなすべきか。校長先生を、崖っぷちから突き落とすことはでき

ない。いや、絶対にしてはならない〞
そんな中、教頭の想いは違っていた。
〝なかなかおもしろいことになったぞ。最初から出さないことより、むしろ田所を出して、式をぶっ壊させる。新聞も大きく取り上げるだろう。かなり派手にやるだろうから、一面のトップかもしれない。校長が土下座をしている写真、荒らされた式場の写真が掲載されるだろう。どんな顔をしているのか、それを見るのもおもしろい。最後は責任とって辞職？〞
教頭は、仔細に状況を大澤に報告した。大澤教育次長もその話に同調し、ほくそ笑んだ。かくして市教委は、条件つきの出席案に同意した。まずは、万が一の場合の校長の責任のとり方、第二に、警察の配備。大暴れしてもらっては、市教委までが責任を問われるので、ある程度暴れてもらったら、取り押さえるという手はずである。
ところで、凜子は、緑丘中学校の校務分掌として生徒会を担当していた。荒れる学校をどのようにしたらよいか、それは、生徒会にとっても大きな課題だった。瞬だけでなく、荒れる生徒の心をどのように育てていけばよいのか。生徒会長をはじめ、執行部全員がずっと考え続けてきた。

そんな折だった。定例の執行部会の席上で、美化委員長が提案した。

「僕は、学校を花でいっぱいにしたいです。美しい花をいっぱい飾ることによって、みんなの心も美しくなると思います。一人一人が一輪でも花を持ってきて、学校に飾る運動はどうでしょうか」

学校中が花でいっぱいになったら、どんなにすてきだろうか。みな想像した。落書きで薄汚れた廊下の壁に花一輪、たばこの煙で臭くなったトイレに花一輪、授業中とはいえ、がやがやうるさい教室に花一輪。花一輪はもしかすると、心の中にも花を咲かせるのではないだろうか。みんなは、心の花が美しく輝く学校を想像した。

「先生、やりましょう、このプラン。〝花を一輪、心に一輪運動〟と名づけてはどうでしょうか」

生徒会長が目を輝かせて言い切った。一斉に拍手が起きた。

「そうだね。全校生徒が活動できるこのプラン。もしかすると、生徒一人一人の心が花のように輝いて、笑顔あふれる学校になるね」

凛子もわくわくした高揚感でいっぱいになった。

「しかし、先生。学校には花瓶がそんなにありません。教室にあるくらいです。廊下やいろいろな所に花を飾るには、かなり少なすぎます。取りつけるにしても鉄筋だし……」

凛子は、この生徒会プランについて、予算的なものも含めて、校長に相談した。

「いやあ、すばらしいプランだ。ありがとう。私も、みんなで取り組める何かがあればと思っていたんだ。任せなさい。ＰＴＡや教育振興会に相談してみるよ」

さっそく動き始めたプランに両者とも快諾し、〝花を一輪、心に一輪運動〟に特別予算がつくことになった。山間に住む用務員は、自分の山から何十本もの竹を切り出し、竹の花瓶作りを始めた。自分のできることは何でもやりたいと、取りつけも買って出た。まもなく廊下には、ずらりと二メートル間隔に、竹の花瓶が整列した。各教室の入り口にも、トイレにも、花瓶は青竹の若々しさを披露し、凛として立っている。
生徒会の呼びかけにより、一輪の花を手に登校する生徒が多くなり、校内に、花が咲き乱れた。毎日水を取り替える生徒、花がらを摘む生徒など、自分から世話をする生徒も増えてきた。毎日のように割られていた窓ガラス、落書きも、少しずつではあるが、少なくなってきた。生徒たちの心色に染められた花々が美しい。

年も暮れ、初雪もちらほらと舞っている。凛子は、その清楚さに心惹かれ、ふと立ち止まる。そして、手をかざし、淡雪を受け止めようとするが、手のひらの上で、すうっと消えていく。寒さが身にしみる。今年もあとわずか。生徒は、進路決定、出願、入試……卒業式と、もう秒読み段階。実力テストが頻繁に行われ、必死に勉強に取り組んでいる。かじかんだ手をこすりながら、問題集に取り組む生徒、分からない所を互いに教え合う生徒、職員室にも質問に来る生徒があふれている。

学校は、受験勉強一色。だが、瞬は、確実に学校から遠のいていた。凜子は、彼の将来についての話をするために、何度も自宅を訪問した。夜、遅かったが、一度も彼に会うことは叶わなかった。

「申し訳ありません」

母親は玄関で見送りながら謝った。

十一

冬来たりなば　春遠からじ

木々の新芽が固い蕾の中に十分なエネルギーを蓄え、その生命の開花を待っている。

今は、まさにその時。

三月。真っ白な雪の中でじっと耐えていた生命が、一斉に動き出す。大地が躍動する季節。これから生きる十五歳の生徒たちも、自分の未来に向かって、今、羽ばたく。

ついにその日が来た。

卒業式。

今日は最高の日に。

前夜からの冷え込みで、朝から雪が堅雪となり、太陽に輝いている。大人がのっても、雪はへこまない。凜子は、つるんと足を滑らせないように気をつけ、ゆっくりゆっくり、自宅の駐車場に向かって歩いた。白のツーピースに控えめな造花を胸につけて。通常、女性教員のいでたちは、紋つき袴。早朝から美容院へ行き、明治、大正時代の女学生風に衣裳を着るのが定番である。しかし、凜子は、その服装をやめた。できるだけ動きやすい服装、一言で言えば、何が起きても対応できる服装に変えた。

「先生の着物姿、楽しみにしていたのに」

女子生徒が、がっかりした表情で言った。しかし、凜子はそれどころではない。今日を最良の日とすべく、心は張り詰めている。震度7のような激震の事態にも対応できる緊急対応が求められている。何度も何度も話し合われたこの日の分刻みのスケジュールが、頭の中をぐるぐると巡っている。

卒業生たちが、華やいだ表情で登校してきた。胸には、「祝」と書いたリボンをつけてもらい、どこか誇らしそうである。凜子は、半分はお祝いの表情、あと半分は緊張の表情で、生徒一人一人と握手をした。瞬は、今頃どうしているだろうか。本当に来るだろうか。いや、学校に向かって歩いているはず。卒業式にはきっと来る。晴れて卒業するために。

しかし、何度も図られた共通理解。それは、最悪の場面を想定したもの。まず、瞬は卒業式にやって来る。ただし、それは卒業式をぶっ壊すため。制服は、完全にツッパリスタイル。靴のかかとを踏んづけ、両手をポケットに突っ込み、のっそのっそとやって来る。教頭、生徒指導主事の辻山が、彼の前に立つ。

「帰れ！　卒業式には入れないぞ。その格好は何だ！」

「何ぃ！」

きっとにらみつけ、瞬は校門をくぐろうとする。そこに数人の若い腕力のある教員が、瞬の体を取り押さえ、式が終わるまで隔離する。

「自業自得だ。ハッハッハッ……」

そして、式が終わる。

「さあ終わった。これで帰ってよいぞ」

この予想パターンが、職員会議で確認された。しかし、教頭たちは、このやり方ではつまらないと思っていた。そのまま会場に入れたいと思っていた。そこで、瞬に好き放題暴れさせた方がよほどおもしろいと。教頭は言いなりになる何人かに人参をぶら下げ、それを狙った。このことは、もちろん教育次長の大澤も了解の上である。

「夏川先生、そろそろ入場の時間です。生徒を廊下に整列させてください」

学年主任がせかすように、大声で叫んだ。凜子は、それでも校門を見ていた。ずっと、ずっと……。

〝もう少し、もう少し、瞬はきっと来る。ほら、もうそこまで……〟

「夏川先生、早く！」

津田の、大声で叫ぶ声がもう一度聞こえた。

その時だった。校門近くの駄菓子屋の角を曲がり、真っ直ぐにこちらに向かって歩いてくる男子生徒の姿が見えた。白い雪道に黒の学生服がくっきりと浮かび上がる。色白の彼に制服がよく似合っている。

〝瞬？　瞬……瞬！〟

凜子は、三階の教室から、階段を猛ダッシュで駆け下りた。校門まで、まっしぐらに走る。

「田所君、よく来た。待ってたよ」

「夏川先生、申し訳ないけど、この格好では学校に入れませんよ」

教頭が厳しい表情で言った。

「お願いします。もう入場の時間です。お願いします」

凜子は、ただ、ただ必死だった。時間はもうない。この格好では出席できないことは、十分分かっている。

その時、教頭がぽつりと言った。

「絶対に、卒業式を壊さないと約束するなら、入ってもいいぞ。どうだ、田所」

瞬は、黙って見つめるだけで、何も言わない。

「お願いします」

凜子は、思わず真っ白な雪の上に土下座をし、手をつき、頭を下げた。手が凍るように冷たい。そして、すくっと立ち上がり、瞬の手を思いきり引っ張った。そして、もう一度、

「壊しません」

と叫びながら、生徒の列を目指して、走り抜けた。教頭たちから早く逃げたい一心で、夢中で走り抜けた。冷たさで真っ赤になった手は、瞬の手をしっかりと握りしめ

ていた。教頭は、その姿にほくそ笑み、見送った。

「卒業生入場！」

進行の第一声が響く。同時に吹奏楽のファンファーレが高らかに鳴った。いよいよ始まる。凛子の顔は、出陣する武将のように凛々しく、勇敢であったが、こわばっていた。

〝最良の日に。最良の日に……〟

何度も心の中で叫んだ。会場の後ろの入場口から一直線に、花道が作られている。その先のステージ上には、国旗が、ぴんと張り詰めた会場に迎える。盛大な拍手と華やかな演奏。

〝さあ、行くぞ！〟

凛子は一歩を踏み出した。正面の一点を見据え、動じず、堂々と。男女各一列の二列となり、凛子の後ろを生徒が歩く。瞬は大丈夫だろうか。後ろを振り向くわけにはいかない。信じるしかない。いや、何か変？　来賓席、保護者席がどよめいている。隣席の人と顔を見合わせている。こそこそ、ひそひそ。目線がこちらに向いている。

〝何？〟

それは、瞬に向けられたもの。もうすべてが他の生徒とは違う瞬に向けられたもの。会場に配備された私服警官の体がびくっと揺れた。何かあったら、すぐダッシュできる緊張感にあふれている。その空気を破るように、凜子は前へ前へと進む。

卒業生三百六十五名全員の入場が完了し、ステージ前に整列した。荘厳で厳粛な空気が式場を満たす。

「一同、起立。礼」

「開式の辞」

教頭が襟を正し、マイクの前に立つ。

「ただ今より、緑丘中学校、第五十回卒業証書授与式を挙行いたします」

渋く、太い声が会場いっぱいに響く。

「国歌斉唱」

厳粛な歌声である。

「一同着席」

進行役の教務主任の引き締まった声。すっと全員が座る。一糸乱れずの動きが美しい。凜子は、職員席からちらりと瞬を見た。瞬は座っていた。ただし、彼らがよくするポーズで。片方の肩を斜め上にいからせ、目線も同じように斜めにして座っている。特別な存在感を放っている。

「卒業証書授与」

校長の梅田がおもむろに席を立ち、まず来賓席に一礼し、登壇した。

緑丘中学校は生徒数が多いので、学級代表が登壇して授与されるシステムだ。ただし、一人一人の生徒名は呼名する。生徒は、元気よく「はい」と返事をし、その場所に立つ。凜子は、この瞬間に最も危機を感じていた。まず、呼名した時、瞬は立つか。静粛な会場に彼の名が呼ばれた時、大声で何を叫び、何をするか。卒業式を壊すとすれば、呼名が続くこの瞬間が一番だろう。凜子は、してはいけない想像をした。

一組、二組、三組、各クラスの授与が次々と終わっていく。進むのがこんなにも早いのか。もう、六組である。いよいよ次が凜子のクラス。凜子は呼名簿を持ち、覚悟を決めたように、すっと立ち上がった。各学級担任が座る席の前を通り、レクチャーマイクの前に。まず来賓に一礼する。のどがからからで、声が上ずりそうである。凜子は小さく咳払いをした。

「七組」

いつもより、声が澄み切っている。今度は深呼吸を一回。身長順に男子から名前を呼んでいく。瞬は背が高い方なので、十五番目くらいだろうか。

「〇〇〇〇」

「はいっ」

生徒たちの、すくっと立つ瞬発力が凜々しい。両足に思いっきり力を入れ、踏み込んで立つ。

「〇〇〇〇」

「はいっ」

颯爽とした姿で、次々と立ち上がる。

もう少しで瞬。みんなと同じようにできるか。

凜子の心臓がばくばくし始めた。頭も真っ白になりかけている。いざという時には、彼を取り押さえ、連れ出すために、力のある男性教員や私服警官が周りを固めている。

だが、それは絶対にあってはならぬこと。瞬自身のために――。

ドックン、ドックン。

心臓に大量の血液が流れ始めた。

ついに、その瞬間が来た。

凜子は、祈るような気持ちで、ありったけの声で叫んだ。

「田所　瞬！」

会場はその迫力に揺れた。固唾を呑んだ。呼吸が止まった。全員がただならぬ空気に息を殺した。警備に当たる教員、警官は、ダッシュの態勢。みんなの目が一点に集中する。凜子は、ごくんとつばを呑み、しっかりと目を開けた。何も見えない。何も聞こえない。瞬だけ。その一点だけを見つめている。

〝立て！　瞬。がんばれ！　胸を張れ。堂々と卒業するんだ。兄や姉の分まで卒業するんだ〟

瞬の体が、かすかに動いたような気がした。両足をしっかりと踏み込み、ゆっくりゆっくり、上へ、上へ。そして、最後まで自分を伸びきらせた。いからせた肩はそのままに。スローモーションビデオのように。

〝立った。

立った……〟

凜子は、その姿に気を取られ、一瞬、次の生徒の呼名を忘れた。あわてて我に返る。そして、上ずった声だったが、懸命に次の生徒の名前を呼んだ。次の生徒、次の生徒と……。

名前を読み上げながら、頬から首へとつたう涙の河は、真っ白な式服を濡らしていった。

最後の生徒の名前を呼び終えた。凜子は、来賓席に向かい、最初よりも深々と一礼した。あらゆるもの、あらゆることすべてに対する感謝だった。

「式辞」「祝辞」と儀式の一つ一つが厳粛に進行する。瞬は相変わらずのいかり肩。しかし、黙って座っている。かなり、我慢しているのだろうか。それとも……。

「卒業の歌」

全校生徒による合唱セレモニー。歌で心を繋ぐ。歌で、心を届け合う。凜子は、この場面が苦手である。

まず、卒業生による「巣立ちの歌」の合唱。

花の色　雲の影
なつかしい　あの思い出

過ぎし日の　窓にのこして
巣立ちゆく　今日の別れ
いざさらば　さらば先生
いざさらば　さらば友よ

ここまで来ると、女子生徒がまず下を向き歌えなくなる。男子生徒は、その分も歌わなくてはと、涙がこぼれないよう上向きで懸命に歌う。練習時は、合唱曲として美しいハーモニーを奏でているのに、女性の声が全く聞こえなくなる。しかし、それでもよい。十分である。合唱としては、ちぐはぐかもしれないが、その分、心が伝わってくる。

そして、一番の最後のフレーズ……。

美しい　明日の日のため

「そうなんだ、そうなんだよ」と叫びたい。凜子は、そばで見ているだけで心に響いてくる。涙があふれ出る。卒業生よりも、卒業するように。

続けて歌う全校合唱曲「大地讃頌／土の歌」。卒業生と在校生が一同に歌う。思い出が走馬灯のように脳裏をよぎる。自分が人であることを実感する。

母なる大地の懐に　我ら人の子の喜びはある
大地を愛せよ　大地に生きる
人の子ら　人の子その立つ土に感謝せよ

…………

「母なる大地」、そう、私たちは、この大地にしっかりと根を張り、生きている。大地は、誰をも、母のように慈しみ、育ててくれる。自分が自分として立つために。一人の人間としてあるために。

会場の隅々が千人余りの生徒の歌声に唸る。響く。

はち切れんばかりの歌声は、大きなうねりとなって揺れる。

感動。これだけの人の心が、一つに合わさる感動。胸がはりさけそうである。

凛子は、少し離れているが、瞬が目を閉じているのが分かった。曲を感じているのだろうか。今までの自分を振り返っているのだろうか。そんなことをぼんやり考えていた。

「校歌斉唱」

凛とした声が響き渡る。もう少しで終わる。何事もなく。

そして、いよいよ――。

「閉式の辞」

「以上をもちまして、緑丘中学校、第五十回卒業証書授与式を終わります」

〃もう少し、あと少し……〃

「卒業生退場」

高らかに鳴る吹奏楽の演奏。来賓、保護者、在校生など、すべての人からの拍手であふれる式場。

凜子は、入場時とは違い、颯爽と歩を進めた。

「もう、大丈夫。瞬は、必ず最後までやり遂げる」

割れるような拍手の中、凜子は何度もそうつぶやいていた。

式終了後、男性教員や警官は、猛ダッシュで三年七組の教室に駆けつけた。退場してくる生徒を待ち受けるため。凜子一人になる学級の時間をガードするため。

一階、二階、三階と踏みしめるように歩を進め、七組の全員が教室に戻り、着席した。すべての生徒の目が、凜子に集中する。目を真っ赤にしている生徒、下を向いて涙を流している生徒、きっとして、凜子の目を見つめている生徒、様々である。凜子は、あらためて生徒一人一人の顔を眺めた。最後の学級の時間である。そして、周りを取り囲む緊張感の中、もう一度一人一人に卒業証書を渡した。

「おめでとう」

「よくがんばった」

じっと目を見つめ、メッセージを伝える。

彼の番が来た。

「田所瞬――」

すぐには動かない。教室の警備が、彼の純粋な心を刺激している。しかし、時間はかかったが、おもむろに、ゆっくりした足取りで、瞬は凜子の前に立った。

「田所君、卒業おめでとう。本当によくがんばった」

心がもう一度叫んでいた。〝本当に、本当に、よくがんばった〟

片手で受け取ろうとした卒業証書。最後は両手を添え、一礼した。そして、一瞬だったが、どきっとするくらいに澄み切った目で微笑んだ。

それは、凜子が初めて見る、穏やかな、優しい笑顔だった。

最後の生徒に卒業証書を渡したあと、学級代表がさっと前へ出る。凜子にお礼の言葉を述べ、大きな花束を渡した。純白の式服に、花の色が映える。

いよいよ本当に別れの時が来た。学級担任である凜子からの最後のメッセージ。

「卒業おめでとう。三十六名全員が晴れて卒業できたことが……」

そこまで言いかけて、声が裏返った。

「とてもうれしい……ありがとう」

それしか言えなかった。あとはもう何が何やら。教室中が騒然とし始めた。笑顔と涙が混じり合い、あちらでもこちらでも、握手、握手。瞬も、もみくちゃになり、クラスの輪の中に加わっている。たくさんの握手攻めにあっている。凜子もそんな中、彼の両手を、ぎゅっと握りしめた。凜子は、普段からバットを握っているので、女性とは思えないほど握力が強い。その力で心を込めてぎゅっと握ったのだから、さぞかし痛かったのだろう。瞬は、思わず顔をしかめた。白く細長い手が、ほんのりとピンク色に染まった。しかし、凜子はうれしかった。これでエネルギーを届けることができたような気がした。

ちょうどよいタイミングに副担任が連絡に来た。

「夏川先生、生徒を並ばせてください。見送りの準備が整いました」

最後に、卒業生は、玄関から校門を出るまでの花道を歩く。学年主任の津田が先頭になり、一組、二組と順番に。在校生、保護者、教職員に見送られ、巣立ってゆく。

凜子は、七組の生徒たちからもらった花束をしっかりと胸に抱き、歩き始めた。

吹奏楽部の高らかな演奏が鳴り響く。手を振る。握手。在校生もめいっぱいのエールを送っている。その間を、手に卒業証書を持ち、照れくさそうに、しかし、颯爽と歩く卒業生たち。保護者の中には、涙する人もいる。

凜子は、生徒が一番よく見える所に立っている梅田校長に一礼した。温かい目、温かい拍手である。

「もう少しだよ、夏川先生。卒業するまで……。とても目立つ格好だが、彼は、しっかりと、あなたの後ろについてきているよ。よかった。よかった。もう少しだよ。がんばれ」

凜子は、瞬を信じ、振り返ることなく、最後まで花道を歩ききった。そして、〝さあ、これで、みんなそれぞれの道へ〟と思った瞬間、

「ウワーッ」

歓喜の声が上がる。

「また会おう」

「ありがとう」

「先生、ありがとう」

あっちでもこっちでも生徒たちが入り乱れ、歓喜の輪が広がっている。もう、もみくちゃである。何が何だか分からないほど、笑顔と涙で卒業を祝っている。凜子自身も、もみくちゃの歓喜の渦の中にいた。ただ、時間が止まったかのように、呆然と立っていた。

その時だった。

青空を突っ切るように、真っ直ぐに一本の手が伸びた。

凛とした空気が漂う青い青い空に、すうっと伸びた手。

〝瞬?〟

その先に高く掲げられたVサイン。

太陽が眩しく照らす。

もう一度、〝瞬?〟と思った瞬間、雨上がりの虹のように、その手は消えてしまった。

これから彼は、自分の道を歩いていくだろう。自分の足で。自分の未来に向かって。

凛子は、青空の中に未来を見ていた。

「夏川先生、生徒は、もうみんないなくなりました。そろそろ入りましょう」

津田が声をかけてくれた。彼は、何事もなく厳粛に卒業式が行われたことに安堵感を覚えていた。卒業式は無事終わった。

さて、三月も半ばを過ぎ、太陽は、ひと際明るく、温かな日差しを届けている。校庭の梅の花も、十分膨らんだようである。大地が一斉に芽吹く季節の到来である。

凜子は、がらんとした教室に一人立っていた。誰もいない。みんな巣立っていった。誰もいない空っぽの教室。いつもは寂しいはずなのに、なぜか凜子の心は温かかった。膨らみかけた梅の香りが、心地よく匂う。凜子は、今まで座っていた生徒一人一人の机を、トントンと、人差し指でたたいたり、撫でたりしながら、微笑んだ。

明日は県立高校の合格発表。ほとんどの生徒がこの日に進路が決まる。「ヤッター」と、結果を見たその足で、学校に飛び込んでくる。各高校の合格発表を見に行った生徒が次々とやって来る。喜びを全身で表現する生徒たちには、努力して報われた結果をともに祝福し、次のステップへの背中を押す。

「おめでとう。さあ、これからだね」

しかし、凜子にとっての最大の責務は、不合格に落ち込む生徒を、まずしっかりと立ち上がらせ、前に進めるよう背中を押すこと。悔し涙を流したあとは、それをバネにし、むしろたくましい一歩を歩むことを願う。「人間万事塞翁が馬」である。苦しんだことは、いつかは必ず自分の新しいエネルギーになる。

明日こそが、学級の生徒一人一人が、それぞれの未来を背負い、本当の意味で巣立ちゆく。まさに卒業。


翌日。

やはり、予想通りやって来た。教室の中は、みんなと喜びを分かち合いたいという生徒であふれた。凜子は、合格できなかった生徒には、その日のうちに家庭訪問をし、次への道を繋げた。

「これでよし」

みんな、それぞれの道に羽ばたいた。ただ一人を除いては。

瞬——彼の進路先だけは決まらなかった。校長の梅田をはじめ、学校全体が動いてきた。高校だけでなく、職業安定所にも何度も相談した。しかし、成人まで保護観察処分になっている彼を受け入れてくれる所はなかった。まれにあったとしても、彼は面接にすら行かなかった。

卒業式が終わり、二、三日たった頃だったろうか。

「夏川先生、電話ですよ」

と、事務員が呼びに来た。

「もしもし、夏川ですが……」

「田所瞬の母です。先生、この一年間、大変お世話になりました。お礼の言葉もありません。最後に、ご迷惑をおかけしている進路のことですが、就職先が決まりました。今まで、本当にありがとうございました」

瞬の母親は、丁寧にお礼を言い、電話を切った。瞬は、彼の伯父が紹介してくれた、建設会社の現場作業員として働くという。なかなか危険を伴う、厳しい仕事である。まして彼は十五歳。しかし、彼は母親に言ったという。

「心配するな。俺、運動神経だけはすごいから。誰にも負けない。がんばるよ」

そして、もう今日から職場見学に行ったらしい。

瞬も自分の道を見つけ、歩き始めた。

一歩、一歩。

さて、生徒の巣立ちのあとは、教職員の巣立ちである。

三月二十四日、教員は、県の人事異動の内示を受ける。次年度への人的準備である。まず、午前中に臨時校長会が開かれる。校長は、市教委より異動の内示を受ける。教員は不安感、緊張感の中、その発表を待つ。一人一人が校長室に順番に呼び出される。

「来年度もお願いします」「来年度は○○に異動となります」、そのどちらかである。

緑丘中学校でも同様に、全教員への個別面接のあと、校長より全体への報告がなされた。いつも通りのことであったが、今年はその第一声に、驚きの声が上がった。

「私は、○○小学校へ異動することになりました。後任は、教頭先生が、校長として務められます」

〝なぜ？　たった一年で。しかも、今まで一度も勤務したことのない小学校へ〟

全員が同じことを考えた。しかし、しばらくたって、心の中で、それぞれが納得していった。

凛子は、校長室前の廊下から中庭を見ている梅田校長に話しかけた。

「校長先生、もっともっとご一緒できると思っていたのに、なぜですか」

校長は、遠くに目線を置きながら答えた。

「来年度も緑丘中学校で勤務したいと一番思っていたのは、私かもしれない。だから、無念だよ。でも、夏川先生、田所君のことは後悔していないよ。これでよかったんだよ。それに、私は、僻地の小学校に異動するが、学校に差はない。どこにいても子どもは宝だよ。胸を張って生きなくては。先生も、そのことを忘れないでほしい。今の夏川先生の心、大切にしてほしい。また会おう」

春、四月。

校庭の桜が満開に咲く中、梅田校長は颯爽と学校をあとにした。

そして、新しい年度がまた始まる。

エピローグ　春遠からじ

年も明けて、一月六日。同窓会は、駅近くのホテルの大広間で開かれた。会場は華やかだった。特に、新年ということもあり、県外から来たり、里帰りしている生徒も多く、会場前のロビーには人があふれていた。

「先生、お久しぶりです。誰か分かりますか」

「分かるよ。いやあ、立派になって」

「俺、もう三人も子どもがいるんで……」

「そうか、立派なお父さんなんだね」

「先生、わたし、十組の〇〇です。先生、ちっとも変わらないですね」

「そうだよ。わたしは、今も昔も二十八歳なんだから」

　凜子は、年齢を尋ねる生徒には、いつも二十八歳と言っていた。

「そうだったね……」

　生き生きとした姿と元気な笑い声が響き合っている。

　本当にみんな大きくなった。もう一人前の立派な大人だ。

　進行係の声が響いた。

「それでは、みなさん。着席してください」

　ざわめきの中、みなテーブルに着くと、会場内に静けさが戻った。

「先生方が入場されます。拍手で迎えましょう」

　照明が眩しい。みんなに見つめられている照れくささを笑顔でカバーしつつ、凜子たちは入場した。

「それでは、ただ今より、緑丘中学校第五十回卒業生同窓会を始めます。先生方、本日はご多用の中、ご出席いただきありがとうございます」

進行係の生徒は、はつらつと司会をし、これからの楽しい一時を過ごすことへの期待感を膨らませていった。

会場がその幸福感に満たされた時だった。

「みなさま、開会をする前にまず黙祷を捧げたいと思います。ご起立ください」

凜子は、突然のことにたじろいだ。

そして、ゆっくりと、丁寧に、名前が読み上げられた。

「一組、……」

「三組、……」

目を閉じた瞼に、何かがあふれる。

目を開けると、こぼれそうなもの。

凜子は、ぎゅっと目を閉じた。

＊

緑丘中学校を卒業した瞬は、今までの自分を払拭するように、ひたすら働いた。雨の日も、風の日も、灼熱の太陽の下でも。高い所であろうと、危ない所であろうと、黙々と。本来の自分を取り戻すように。

そんな彼に再会したのは、凜子が母の買い物につき合って街に出た時だった。凜子は店から出てくる母を待って、道路に車を一旦停めていた。ハンドルに手を置き、ぼうっと待っていると、助手席のウインドウをトントンと叩く音。

「先生、こんな所で、何してるの？」

「え、ええっ！　瞬？　瞬なの？」

凜子は驚きのあまり目を丸くして言った。

「元気だった？」

髪はさらさら、Tシャツにジーパンを穿いた彼は、さわやかな青年だった。

「うん。俺、一生懸命働いてるよ。保護観察が終わるまでは、真面目にしなくちゃならないからね。がんばるよ、先生」

卒業してから、まだ半年余りしかたっていないのに、瞬は別人のようだった。用事をすませ、店から出てきた凜子の母を見て、

「じゃあね。先生」

と、温かい笑顔で手を振り、彼は去った。

「がんばって」

凜子も、彼が見えなくなるまで、手を振った。母は助手席に座り、ぼんやりしている凜子に、ぽつりと言った。

「よい感じの子だねえ。教え子？」

凜子は、うなずきながら言った。

「本当にいい子だよ」

そして、

卒業して初めて迎える冬のある日。寒波が日本列島を覆い、突き刺すような寒さが襲った。強い風、舞う雪は、まるで映画「八甲田山」を再現するかのようだった。まだ、十五、六の華奢な彼には、厳しい仕事現場だったろう。重い鉄パイプを肩に載せ、高い骨組みを作る。吹雪が視界を遮る。目の中にも雪が舞う。

現場監督が向こうから声をかけた。

「瞬、危ないぞ。無理するなよ」

「大丈夫です」

威勢のよい声が返る。

容赦なく降り続く雪。

人影さえも見えない。

それからまもなくだった。

彼の体は、真っ白な大地に。
朝から降り積もった雪が、彼を優しく包む。

先生、俺……。

――――――。

＊

同窓会は、盛会のうちに終了した。

「先生、今度は三度目の成人式だよ」

弾ける笑顔で見送ってくれた一人一人。

「ありがとう」

ザクッ、ザクッ。

凜子は、一歩一歩、噛みしめるかのように、雪を踏みしめ、駅に向かって歩いた。

二十年後？　彼らも、私も、十分に年を重ねている。いや、私は、彼ら以上に……。そう思いながら、一人で微笑んだ。

夕暮れになり、急に冷え込んできた。凜子は歩を止め、コートの襟を立てた。
そして、ゆっくりと空を見上げ、瞼を閉じた。
心の窓に、青い空が広がっていく。
その青空を突っ切るように、真っ直ぐに一本の手が伸びる。
凜とした空気が漂う青い青い空に向かって、
高く突き上げられたVサインが太陽に照らされる。
その輝くようなVサインが眩しくて、思わず手をかざして仰ぎ見る。
凜子は目を開けた。
微笑みが、顔を創る。
真っ白な雪の中に咲く一輪の花のように、
温かき心。

今年の雪は一段と
清く、
美しい――。

凜子は
そっと
つぶやいた。

「春遠からじ」

本作品はフィクションです。

著者プロフィール

坂田 陽子（さかた ようこ）

富山県生まれ。

38年間、公立の小・中学校で教鞭を執る（うち教育行政機関歴３年）。

文部省中央研修（1995年）、県中学校教育研究会国語科部長（1996・1998・2000年）、全国小学校英語活動実践研究大会にて発表（2009年「今、小学校英語活動に求められているもの～T1になろう、学級担任に元気と活力を～」）他、多数研修、職歴、発表歴をもつ。

受賞歴も市小学校教育研究会論文最優秀賞、市中学校教育研究会論文最優秀賞、中日教育賞（1989年「一人一人を見つめ伸ばす指導」）他多数。


著書『風のごとく─未来を創る子どもたちへ』（2010年、文芸社）

巣立ちゆく、

2016年12月15日　初版第１刷発行

著　者　坂田 陽子
発行者　瓜谷 綱延
発行所　株式会社文芸社
〒160-0022　東京都新宿区新宿１－10－１
電話　03-5369-3060（代表）
03-5369-2299（販売）

印刷所　株式会社平河工業社

ISBN978-4-286-17452-5　JASRAC 出1605830－601